Jardin fatal

Patrick Cauvin

Jardin fatal

ROMAN

Albin Michel

COLLECTION « SPÉCIAL SUSPENSE »

22, rue Huyghens, 75014 Paris
www.albin-michel.fr
ISBN 2-226-13794-7
ISSN 0290-3326

A la mémoire de Guy Vidal
dont le sourire éclaire toujours ma route.

« Qui peut enrôler une forêt et sommer un arbre de détacher sa racine fixée en terre ? »

SHAKESPEARE, *Macbeth*

« Il est intéressant de constater que jamais un enfant, même d'un âge très jeune, n'a eu peur d'un végétal, quel qu'il soit. Il peut s'épouvanter d'un moucheron, jamais d'un séquoia. Tout se passe comme s'il était naturellement persuadé, par une sorte d'atavisme, qu'aucun d'eux ne représente un danger pour lui.

» Il a tort. »

Extrait de la conférence prononcée
le 17 décembre 2002 à Stockholm à l'Académie
royale des sciences de la vie
par le professeur Karl Stumbart, Prix Nobel,
membre *honoris causa*
de la faculté des sciences de Berlin,
section sociobiologie.

Alan-Hélène

ALAN regarda le type cramponné au comptoir qui, sur la pointe des pieds, tentait de grappiller quelques centimètres pour impressionner l'hôtesse. Il n'y arriverait pas. Les compagnies aériennes avaient pris l'habitude de jucher leur personnel sur des estrades.

Apoplectique.

Il y avait quelque chose de ridicule dans la colère. Rares étaient ceux à qui elle allait bien, en général c'était pitoyable pour la majorité des gens. Alan savait faire partie de ces derniers et avait appris à garder son calme.

Il était le seul, la foule avait commencé à gronder il y avait un peu moins de deux heures, et puis les boulons avaient sauté les uns après les autres. Une fille en short s'était levée d'un bond, avait foncé jusqu'à l'accueil et s'était mise à hurler. Le cri avait déclenché les larmes d'un gosse dans un landau, la mère engueulant alors son mari qui n'intervenait pas, et en fin de compte, tout ce monde s'était précipité pour tambouriner aux portes closes et vitrées donnant sur les pistes désespérément vides.

Trois heures de retard. Aucune annonce n'avait été faite depuis vingt minutes. Aéroport de Prague. Dix-neuf heures, heure locale.

Dans le va-et-vient excédé des touristes, Alan l'avait vue.

Elle était installée à trois rangs de lui et lisait.

Pourquoi avait-il toujours été fasciné par la faculté qu'avaient certains de s'isoler du monde ? De ce point de vue, elle semblait avoir réussi la rupture parfaite.

La quarantaine. Disons quarante et un ans le 18 septembre prochain. Jolie. Les cils magnifiques. Très important, les cils.

Il étendit les jambes et s'étira. Il pouvait voir son reflet dans les baies vitrées qui séparaient les salles d'embarquement du tarmac. On le lui avait dit et il pouvait le constater ce soir, il avait une dégaine à jouer dans les westerns s'il s'en tournait encore. Il se voûterait bientôt, cela avait commencé d'ailleurs, une fatigue dans les omoplates. Un jour, il avait surpris Hélène parlant de lui au téléphone, et il n'avait oublié aucun des mots prononcés : « L'essentiel de son charme vient du fait qu'il ne sait pas qu'il en a énormément. »

Cela lui avait fait plaisir, bêtement, en avant pour le charme... Pourquoi pas ? Du coup, il avait acheté de nouvelles chemises, en jean, six d'un coup. Plus exactement la même six fois.

Elle le regardait.

Elle l'avait regardé, il en était à peu près sûr. À peu près.

La foule eut un reflux vers deux stewards chargés de caisses de carton emplies de bouteilles d'eau minérale. Ils commencèrent à distribuer.

Mauvais signe. À ses pieds, trois filles roulées dans des sacs de couchage émergèrent : il y eut une brève discussion pour savoir sans doute qui serait de corvée pour aller chercher à boire, mais aucune ne se sacrifia, et elles replongèrent dans les duvets. Suédoises.

Il y eut un craquement dans les haut-parleurs mais qui cessa aussitôt.

— Ils se foutent de nous ? Vous ne pensez pas qu'ils se foutent de nous ?

Alan hocha la tête. Oui, d'une certaine façon, on pouvait le penser. La vieille dame qui venait de lui adresser la parole avait des cheveux bleus bouclés ; il y avait autrefois, sur une bouteille de liqueur, un visage sur l'étiquette qui ressemblait au sien. Elle faisait partie d'un groupe troisième âge et sa patience semblait avoir atteint le point de rupture.

Il leva les yeux et croisa ceux de la jeune femme. Il y avait eu un sourire dedans, discret, mais un sourire.

Il aspira une large bouffée d'air et décida l'attaque.

Bon Dieu, ce genre de connerie n'était plus de son âge mais la vie était la vie. Elle était inventive ou elle n'était pas.

Il sortit son portable, croisa les jambes et plongea dans une conversation intense mais brève. Trente secondes, pas davantage.

L'échange terminé, il se leva et s'approcha d'elle.

Elle le regarda venir avec la bienveillance que l'on a envers une peluche rigolote, nounours géant attendrissant mais vaguement ridicule. Le genre d'expression qui vous fait dire que vous auriez dû vous habiller différemment, avoir une autre tête, que vous faites fausse route mais que tout cela n'a pas grande importance, car, de toute manière, vous êtes un bon garçon bien gentil et parfaitement inoffensif, et que vous allez vous retrouver très vite à la case départ.

— Excusez-moi, vous attendez l'avion pour Paris ?

— Vous êtes observateur.

Mauvais début. Une fille dans un aéroport à Prague, qui lit *Le Monde* avec deux valises à ses pieds sous un panneau indiquant « Départ pour Paris-Charles-de-Gaulle retardé », doit, suivant un taux de probabilité relativement élevé, attendre un avion pour Paris. Il se pencha vers elle et chuchota :

— Il ne partira pas avant demain.

Il vit les cils battre.

Sacrés cils.

— Comment le savez-vous ?

Alan prit conscience qu'il se dandinait d'un pied sur l'autre. Il arrêta le balancement.

— Je suis avocat, avocat d'affaires, et la compagnie aérienne qui a affrété le vol est une cliente du cabinet, la direction vient de me le confirmer : pas avant demain. L'heure prévue se situe entre onze heures et midi.

Elle hocha la tête.

— Pourquoi ne le disent-ils pas ?

Il lui montra la foule autour d'eux.

Le petit rougeaud avait cessé de tenter d'escalader le comptoir et se calmait les nerfs en réduisant en confettis tous les magazines qu'il pouvait rencontrer. Alan eut l'impression que de la fumée se dégageait de ses oreilles.

— Ils vont distiller l'information peu à peu, mais d'un seul coup ce serait l'émeute.

Le brouhaha montait par vagues, un groupe tambourinait avec entrain contre les glaces. Sous le panneau d'interdiction, un costaud assis sur son sac à dos fumait des cigarillos en série.

— Tirons-nous d'ici, dit Alan, j'ai toujours eu tendance à éviter les nuits dans les halls d'attente.

Elle se leva. Jolie ligne. Mollets musclés.

— Et où allons-nous ?

Alan sourit.

— Je fais partie de cette catégorie de gens qui, où qu'ils se trouvent sur la planète, vous diront : « Je connais un restau pas loin. » Je connais un restau pas loin.

— Bon ?

— Excellent.

— O.K.

— Dialogue bref, dit Alan, vous travaillez pour le cinéma ?

— La mode.

— Top model ?

— Choix des tissus.

Il souleva une des deux valises et la reposa aussitôt.

— Pourquoi des enclumes ?

— Je fais partie de cette catégorie de gens qui, à quelque question qu'on leur pose, répondent toujours : « Ça peut servir. » Ça peut servir.

Il reprit la valise et ils se mirent à enjamber les corps couchés dans les travées. Ça devait être ainsi durant les bombardements de la dernière guerre. Il n'avait pas connu mais sa mère lui avait raconté.

Ils eurent du mal à se frayer un passage, ils longèrent le check-point désert, traversèrent le hall et débouchèrent sur l'esplanade. Trois taxis foncèrent vers eux. Alan ouvrit la portière du premier, le chauffeur enfournait déjà les valises dans le coffre à demi bourré de cartouches de cigarettes. Contrebandier ou gros fumeur...

— Français ?

— Oui.

La voiture démarra avec une lenteur cahotante de chaise à porteurs.

— Je vous emmène où ?

Alan pouvait sentir le parfum de la jeune femme. Il y avait du chèvrefeuille là-dedans, de la cannelle aussi.

— Au McDo, dit-il.

Elle eut un sursaut, le genre de réflexe que l'on peut avoir la nuit, sous une tente, dans le désert, en découvrant un nid de scorpions sous l'oreiller gonflable.

— Vous rigolez, dit-elle.

— Je ne me souviens jamais du nom du restaurant où je vous emmène, mais c'est juste en face du Mc Donald's. Vous allez voir, les meilleures côtelettes d'agneau de l'univers... Regardez.

Le pont ouvrait sur la ville, le soleil de fin de jour percutait les dômes et les clochers, un fleuve d'or longeait des rives de cuivre. Les statues défilaient... un monde de saints et de rois.

Il se tourna vers elle, la lumière du crépuscule incendiait ses yeux. Des carillons sonnèrent.

Elle se rencogna dans le fond de la voiture.

— Ç'aurait été stupide de manquer ça, murmura-t-elle.

— Stupide.

Ils débouchèrent sur une place presque déserte, les vitres des palais vibraient au creux des pierres anciennes.

— C'est là, dit Alan.

Elle vit la gargote dans le renfoncement, cinq mètres de façade, des escaliers plongeaient sous des voûtes.

Elle avait des lèvres ourlées, celle du dessus débordait sur l'inférieure, un centième de millimètre, suffisant pour retrouver en elle la petite fille qu'elle avait été.

À vingt-deux heures trente-cinq, ils commandèrent une deuxième bouteille.

— On ne trouve du bon beaujolais qu'à Prague, dit-elle, c'est connu.

Il se renversa sur le siège et ferma les yeux. Bien-être. Le fleuve était derrière lui, les lumières du quai se reflétaient dans les eaux. Ils étaient les seuls clients. Dans les comédies sentimentales américaines des années cinquante, on n'aurait pas pu fabriquer une atmosphère plus romantique, même les côtelettes badigeonnées de chantilly semblaient sorties d'un poème de Musset.

— Ce qui est marrant, dit-il, c'est que vous ne vous soyez pas préoccupée encore de l'hôtel.

— Vous avez tout prévu, dit-elle, quand vous vous êtes absenté tout à l'heure, vous avez téléphoné pour retenir.

— Comment en êtes-vous certaine ?

— Vous êtes resté plus longtemps que pour un pipi normal, donc vous avez téléphoné, ou alors c'est la prostate. Prostate ou téléphone ?

— Téléphone, dit-il.

Elle souleva son verre, la danse des bougies se noyait dans le sang du liquide.

— Rien ne m'échappe, dit-elle. Draguez-moi.

Il alluma une cigarette en essayant de ressembler à un acteur jouant le rôle du type qui sort de prison et qui respire la première bouffée de tabac libre depuis un quart de siècle de Q.H.S.

— Vous avez des yeux de dimanche, dit-il.

Elle but et se mit à le regarder avec une commisération infinie. Le regard que l'on s'efforce de ne pas avoir pour les cancéreux en stade terminal.

— C'est vraiment comme ça que vous vous y prenez ?

— Mon père opérait de cette façon, c'était sa formule d'attaque.

— Et ça marchait ?

— Jamais.

Il aimait lorsqu'elle riait. C'était une évidence : bon Dieu, ce qu'il aimait ça.

— Elles prétendaient déjà que ça faisait vieillot, on était en 1940.

Elle posa les coudes sur la table et colla son menton dans ses paumes.

— Parlez-moi de votre métier. C'est bien d'être avocat ?

— Ça implique de rencontrer des gens très nerveux. Le boulot consiste à les calmer d'abord et à leur expliquer ensuite qu'il n'est pas sûr qu'ils aient totalement raison, ce qui les rend encore plus nerveux qu'au début.

Le bruit venait de l'est, du fond de l'horizon. Ça pouvait ressembler aux prémices d'un orage mais, à présent, elle pouvait voir des points minuscules clignoter dans le noir. Un avion. Ce ne pouvait être que le leur.

— Entre onze heures et midi, hein ?

Alan avala sa salive.

— Il a dû y avoir un contrordre.

Elle pensa qu'il devait avoir cet air-là quand Mémé surgissait à l'improviste et qu'il se faisait prendre à taper dans les bocaux à confitures.

— Allez-y, dit-elle, videz votre sac.

— Je suis avocat, dit-il, mais pas de cette compagnie. J'ai fait semblant de téléphoner.

— Parfait, dit-elle, et pourquoi ?

— Parce que j'avais envie de dîner avec vous.

— C'est fait, dit-elle. Et maintenant, quels sont vos projets ?

— Inavouables.

— Avouer l'inavouable est une forme de courage.

Il se tortilla, mit sa fourchette à la place du couteau et le couteau à la place de la fourchette.

— C'est un peu délicat à dire mais j'ai l'impression très nette que si nous ne finissons pas dans le même lit, c'est que la vie sera décidément mal faite.

Il roula une mie de pain en tentant de lui donner une forme de dinosaure, et ajouta :

— C'est en tout cas l'opinion que j'aurai d'elle désormais, et cela me navre dans la mesure où, jusqu'à présent, je n'avais pas eu à m'en plaindre et que, par voie de conséquence, je me croyais l'heureux possesseur d'un caractère optimiste. Auriez-vous le cœur de détruire cette impression profondément ancrée ?

— Je vais prendre du dessert, dit-elle, vous vous appelez comment ?

— Roy, dit Alan, Roy Melorino. Je suis d'origine italienne. Et vous ?

— Dakota. Dakota Swanson. Ma mère était irlandaise et mon père avait du sang cherokee dans les veines.

Ils étalèrent copieusement la crème sur leurs tartes. Une couche monumentale de cholestérol sucré.

— J'aime Prague, dit-elle, c'est la vieille Europe, Mozart, Kafka, les statues de marbre, même les gosses ont l'air d'avoir dépassé les cent ans.

— Vous devriez arrêter de boire, Dakota.

Elle leva le bras droit.

— Serment d'ivrogne.

Il l'aida à se lever et évita qu'en se cramponnant à la nappe elle ne balançât les couverts directement dans la Moldau par-dessus la balustrade.

Elle chancela sur le trottoir, il la prit dans ses bras et l'embrassa, juste comme sonnait son portable. Elle s'adossa au mur, l'oreille collée à l'appareil, sans quitter Alan des yeux.

— Je t'embrasse, mon bonhomme.

— ...

— Comme prévu.

...

— D'accord, je lui dirai. Tout va bien ?

— ...

— Moi aussi, Max-Max. À demain.

Elle referma le couvercle.

— Un amant ? questionna Alan.

— Mon fils.

— Quel âge ?

— Quatre ans dans dix-sept jours.

— Et le père ?

Elle soupira.

— Un grand dépendeur d'andouilles qui m'a draguée en plein aéroport en profitant d'une grève du personnel au sol.

— C'était marrant, non ?

Elle le regarda : il semblait ravi. Ils étaient mariés depuis près de dix ans. Une fois, à Melbourne durant le congrès de chimiobiologie où elle l'avait accompagné, Alan avait téléphoné à la réception pour qu'on veuille bien le débarrasser d'une femme qui s'était introduite dans sa chambre et qui tentait de le violer : les explications qu'il avait dû fournir au commissariat avaient été laborieuses et ils en avaient conclu que l'humour et l'Australie vivaient sur deux continents différents. Hélène avait protesté :

— On a failli en prendre pour quinze ans !

Ça ne l'avait pas calmé longtemps : pour équilibrer, au Kenya, c'est elle qui avait fait croire qu'un lion était enfermé dans la nursery du lodge...

Dix minutes plus tard, ils se fourraient sous les draps de l'hôtel. Alan demanda :

— Tu voudrais que je t'appelle Dakota pendant la baise ?

— Pas la peine, Roy. Tu aurais vraiment aimé être avocat ?

— Jamais de la vie. Et toi, les tissus ?

— Pas du tout, mais le père cherokee, ça m'aurait botté.

Il la sentit fondre contre lui. Elle était la seule femme au monde, née le 18 septembre 1961, avec laquelle il avait toujours su qu'il pourrait faire le con toute sa vie. C'est pour cela qu'il l'avait épousée. Dix ans plus tard, il pouvait se dire qu'il n'avait pas eu tort.

— Au fait, dit Alan, on est bien vendredi ?

— Exact.

— Et vendredi, c'est...

C'était parti, le vieux gag, le vieux gag tendre, idiot, qui, deux ans après, les faisait encore rire.

Cela datait du siècle dernier, le XXe. La manie était à « l'horizon 2000 ». Chacun y allait de son espérance : horizon-liberté, horizon-sécurité, horizon-sida vaincu. Un soir, dans un cocktail chez un copain d'Alan, une dévoreuse de petits-fours avait interpellé Alan : « Et vous, c'est quoi votre horizon 2000 ? » Alan avait désigné Hélène.

— Sodomiser Madame.

Il n'avait pas eu l'impression d'avoir beaucoup picolé ce soir-là, c'était sorti comme ça, naturellement. Hélène s'était étranglée dans sa vodka citron. La dévoreuse avait arrêté de s'enfourner du chou à la crème en série. Alan avait eu conscience d'y être allé un peu fort et avait tempéré.

— Juste une fois par semaine. Le vendredi.

Dans la voiture, au retour, Hélène essuyait encore ses larmes de rire.

— Mais qu'est-ce qui t'a pris de lui dire ça ?

Alan avait reconnu que c'était sorti spontanément, elle en avait conclu que cela devait correspondre à un désir caché.

— Non, avait dit Alan, pas à un désir caché, à une intention consciente et précise.

C'était elle qui conduisait. Et elle avait failli louper un virage.

— Bon Dieu, dit-elle, pas question, je suis sûre que j'aurai horreur de ça.

— Je me demande comment tu pourrais le savoir avant d'avoir essayé.

— N'essaie pas de m'entortiller, Alan, je suis sûre de moi. Je refuse.

— Je te quitte, dit Alan.

— Youpi.

Ils étaient rentrés et n'en avaient plus reparlé.

Au moins pendant vingt-quatre heures.

Hélène avait cédé sur le principe mais tenait bon sur les dates : pas avant l'an 2000.

Chaque matin du mois de décembre 99, Alan attaquait la journée en prononçant le compte à rebours : J-21, J-20... Hélène gémissait, tentait de revenir sur sa promesse.

— Je ne vois pas pourquoi tu en fais toute une histoire, disait Alan, toutes les femmes en raffolent.

Elle s'insurgeait, proclamait qu'elle avait plein de copines qui, jamais au grand jamais, n'auraient accepté...

— Tu ne connais que des coincées, ces filles ne sont pas foutues de faire la différence entre un orgasme et un rhume des foins.

Hélène montait au créneau : Paméla avait eu plus d'amants qu'il n'y avait de jours dans une année, et elle concluait par une formule définitive qui lui avait paru incontestable : « Et puis, après tout, c'est mon cul, pas le tien. »

Alan avait alors la même grimace :

— Argument narcissique et parfaitement vulgaire.

Et le 1er janvier 2000 était survenu. Une longue discussion avait eu lieu sur le fait que le siècle n'était pas fini. Lorsqu'ils avaient été au lit, c'était elle qui avait attaqué :

— Alors, cet horizon, on s'en rapproche ?

Alan avait senti une panique fondre sur lui. Elle lui avait brandi sous le nez une crème qu'elle avait achetée en pharmacie.

— Bon Dieu, dit-il, je me dégonfle.

— Je m'en aperçois.

Terrible période... après avoir paradé, fait le suffisant, le sûr de lui, c'était lui qui y allait de sa faiblesse, elle triomphait sans vergogne, et puis les choses s'étaient arrangées. Ils en avaient l'un et l'autre retiré une douceur, une connivence qui les avait surpris : elle avait balancé ses terreurs obscures, refusé le vieil interdit, ils sortaient ravis de ces nouvelles étreintes, joyeux et différents. Étrange affaire qu'ils ne comprenaient pas bien. Après tout, les siècles et les cultures s'étaient ingéniés à diaboliser le don d'amour que représentait cet acte qui les liait plus fortement encore qu'aux premiers jours. Le péché, quelle merveille... C'était vaguement absurde, cette fierté qu'ils en retiraient... Il n'y avait pas de quoi et pourtant c'était là, elle avait surmonté, écrasé le tabou, lui aussi, bien qu'il s'en défendît.

Dans la chambre du palace praguois, elle se tourna vers lui, il y avait un coup de lune sur l'oreiller et il vit briller les prunelles, un truc de grand hôtel, une spécialité des quatre-étoiles.

— Tu as raison, Alan, c'est vendredi.

« Les philosophies qui ont expliqué la structure interne du monde par un modèle géométrique ou mathématique aboutissent toutes à un monde figé où toute forme de mouvement demeure incompréhensible.

» Seuls les systèmes introduisant le thème de l'énergie peuvent rendre compte du réel. Il est étrange de constater que même des esprits éclairés comme celui de Leibniz n'ont jamais remarqué que sa plus forte densité se trouvait dans le monde végétal : c'est en lui que réside la source du grand mystère. »

Extrait de *De l'embryologie comparée aux racines du secret primordial* (chapitre XIII),
Hans Borino, Université de Milan,
membre de la chaire de microbiologie expérimentale.

Alan

ALAN n'avait jamais pu terminer un cours autrement que couvert de craie. Ses étudiants s'en amusaient, l'appelaient « l'homme des neiges », trois fois de suite ils lui avaient offert une brosse à habits en fin d'année. Il avait pensé un moment utiliser des panneaux effaçables et des marqueurs, ou travailler sur rétroprojecteur, mais rien n'y avait fait : il retournait toujours à la craie, à ses chiffons et leurs nuages. Il se demandait quelquefois si le but de tout cela n'était pas de noyer son auditoire dans un brouillard épais afin de le faire disparaître et de pouvoir continuer à pérorer seul.

Après ses interventions, le triple tableau qui occupait le fond de l'amphithéâtre était recouvert d'équations, de symboles, de calculs, de valences en cascades... Devant lui, ses élèves derrière le voile impalpable d'une blanche et sèche nébulosité tentaient de suivre ses démonstrations. Pas de la tarte, la biochimie.

— À la semaine prochaine.

Le brouhaha montait tandis qu'il rangeait ses notes dans le sac à dos qui lui servait de cartable.

Il aurait pu abandonner l'enseignement, mais trois heures par semaine, ce n'était pas le bout du monde.

« Il faut garder tant qu'on le peut un contact avec les jeunes » : c'était l'une des formules préférées de son père, elles avaient toutes la même particularité, elles étaient définitives, donc fausses. Pourquoi les jeunes ? Pourquoi un contact ?

Dès son premier cours, il s'était fait draguer par un baraqué de vingt-trois ans qui, toute l'année, avait tenté de lui mettre la main aux fesses dans les couloirs de la fac, les filles sifflaient sur son passage chaque fois qu'il changeait de veste, et l'air de l'amphi était tellement saturé de haschich qu'il avait l'impression de tirer sur un pétard chaque fois qu'il ouvrait la bouche.

Aucun de ses étudiants ne lui avait jamais rien appris. À tel point qu'à quarante-trois ans, la notion d'« enrichissement réciproque » le laissait encore pantois de stupéfaction. Cela n'avait pas d'importance, ces mômes n'étaient pas là pour lui apporter quelque chose, et lui était payé pour. Et puis, il les aimait bien, sans raison, il aimait monter les escaliers dans la foule qu'ils formaient. Ils sentaient le savon le matin, certaines filles forçaient sur l'eau de toilette, leurs boucles dansaient, tous dégageaient cette impression de précarité joyeuse que génère la jeunesse, ces fraîcheurs ne dureraient pas, ils étaient dans le temps d'éclosion de l'éphémère, c'était le midi de la rose : demain viendraient les flétrissures, les laideurs... Dans vingt ans, il les haïrait.

Pour l'instant, même Thelma qui balançait autour des quatre-vingt-quinze kilos après régime avait une beauté présente, une plénitude... Jamais leurs lèvres ne seraient plus pleines, leurs dents plus blanches et leurs yeux plus éclatants : c'était, Alan le savait, une question de chimie, le nombre de paramètres pour atteindre ce top de vie était parfaitement calculable, bien que non maîtrisable. La « nature », comme écrivaient les Anciens, procédait sans économie. Pas le moindre signe de parcimonie en elle, ce qui devait éclater éclatait, après viendraient les usures, les dégradations, la vie s'enfuirait, négligente. Un travail acharné pour arriver au point culminant, et puis abandon. Les forces qui commandaient le processus vital n'avaient pas de patience : un rush jusqu'à la floraison, et basta, les fluides se retiraient : la retraite après la victoire... Eux étaient au moment du triomphe, il ne durerait pas et c'est peut-être de le savoir qui conférait à ces lieux cette impression de passage, d'aléatoire... Trois heures hebdomadaires devant du neuf, du beau et du nouveau, pourquoi pas ? La préparation des cours ne lui prenait pas trop de temps et ne grignotait qu'à peine sur celui de la recherche.

En glissant la courroie de son sac sur l'épaule, il tenta de se rappeler ce qu'Hélène lui avait demandé de rapporter pour le soir. Quatre jours que la femme de ménage était partie à Dax prendre des bains de boue, et l'évier était déjà bouché. Pourquoi des bains de boue ? Il avait voulu savoir si elle avait des problèmes rhumatismaux : pas du tout. Il n'osa pas évoquer un tour de reins possible, l'ayant surprise plusieurs fois en train de bouquiner des polars sur le divan du salon, les pieds sur l'aspirateur. Elle avait eu finalement cette explication intéressante : « Ces bains, ça doit être marrant ! » Elle devait être en train de se tordre de rire dans ses baignoires de gadoue, et lui se demandait ce qu'il devait rapporter...

Il retrouva sa Honda au parking. Il en changerait dans six mois. Décidé. Il en avait marre de posséder une vieille charrette de savant fou, ça suffisait de se couvrir de craie à chaque cours, il n'avait pas besoin d'en ajouter dans la panoplie du Professeur Tournesol.

Du Sopalin, voilà, c'était le mot qui lui échappait.

Du Sopalin, des confitures pour Max-Max qui ne pouvait pas s'empêcher de tartiner son bifteck de gelée d'abricots, et Dieu sait quoi encore. Qu'avait dit Hélène ? Il faudrait qu'il lui téléphone.

Il s'infiltra au milieu d'une nuée de deux-roues et prit la direction du périphérique, à cette heure-là il serait encombré, mais existait-il une heure où il ne le fût pas ? Entre trois et quatre du matin peut-être. En fait, il faisait toujours un peu semblant d'être excédé par les encombrements, mais il fallait bien l'avouer, ces ralentissements ne lui déplaisaient pas, pour deux raisons : la première c'est qu'il aimait se sentir un élément noyé dans un ensemble, un type quelconque au milieu des autres, ses semblables, un prof revenant du boulot, pas plus pas moins, une certaine façon d'appartenir à l'espèce humaine. La deuxième c'est qu'il pouvait réfléchir peinard derrière son volant, il avait même eu des intuitions positives, des éclairs l'y avaient traversé, ce qu'il appelait ses orages de cerveau. C'est entre la porte de Pantin et celle de Montreuil que, l'année dernière, il avait eu cette idée sur la symétrie axiale des échinodermes. Il en avait découlé sept mois d'expérienccs, et cette intuition s'était révélée exacte. Du temps, semble-t-il, perdu sur le périphérique bouché et une idée qui vous vient brusquement et qui ne peut être qu'exacte, mais, esprit scientifique oblige, il avait vérifié, pour le principe.

Et puis, quand l'illumination ne surgissait pas, il pouvait se laisser aller à des bilans, le passé venait par pans, des moments avec Hélène, leurs derniers gags, la naissance de Max-Max : il était entré avec ses fleurs, douze douzaines de roses Marie-Antoinette, elle avait souri et lui avait murmuré à l'oreille : « Rassure-moi, Alan, toi qui t'y connais, est-ce normal que ce bébé ait deux têtes ? » Il se souvenait encore de sa réponse : « Le plus ennuyeux est tout de même qu'il n'ait qu'une jambe. » La fille de service avait rattrapé de justesse le plateau du déjeuner et était sortie à reculons.

Parfois, comme aujourd'hui, les choses remontaient plus loin : tout avait commencé alors qu'il avait six ans, avec un haricot dont il ignorait alors qu'il faisait partie des androcées gamosténiques.

Il le revoyait encore, un blanc d'ivoire, une gousse parfaitement lisse... Il l'avait enveloppé de coton mouillé et collé dans le tiroir de sa table de nuit, entre un pistolet à eau et une pile de vieux illustrés : *Mandrake le Magicien, Le Fantôme de la jungle...*

Une semaine plus tard, il l'avait sorti du tiroir : le haricot avait germé.

L'émerveillement.

Il n'avait jamais eu la moindre admiration pour les trains électriques, les Meccano, tout ce qui naissait des mains et de l'esprit des hommes... mais là, il y avait ce miracle : la tige se déployait, il en restait baba. Les plantations avaient alors commencé sur le rebord de la fenêtre de sa chambre d'enfant, quelques centimètres carrés sur une margelle... c'est là qu'étaient nées des jungles. À travers les feuilles et les pousses, la banlieue s'étendait, Charenton, Vincennes, il pouvait voir le rocher du Zoo, le béton pelé où dormait parfois un mouflon. Il avait passé là, lui semblait-il aujourd'hui, l'essentiel de son enfance. Quelques parties de foot dans l'arrière-cour, des courses de vélo dans le bois de Vincennes, il ne lui restait aucun nom des copains de l'époque, mais il aurait pu dire tous ceux des plantes couvées dans sa chambrette du troisième étage. Il rêvait de microscope, ce qui l'effrayait lui-même : il était suffisamment lucide pour se dire qu'il aurait dû se passionner plutôt pour le sport, le rock, la télé, les fringues, les filles, et il était là, dans la lumière du matin, à compter les nervures des feuilles presque translucides dans le soleil de l'été. Il plongeait avec la loupe de son père dans d'étranges précipices, les corolles s'écartaient en canons et il entreprenait des descentes de vertige, des à-pics surgissaient, des montagnes de soie, des falaises de velours, et tout cela vibrait d'une force singulière dont, même à travers les vaisseaux minuscules, il lui semblait entendre le grondement. Cela s'appelait la vie. C'est là qu'il avait aimé cette miraculeuse énergie qui, un jour, soulevait le terreau et d'où naissait un mystère vert, compliqué... là commençait le voyage. Il s'était appliqué à dessiner les organes, lui si malhabile en dessin.

Et il y avait eu la rencontre avec la philo. Sur leurs terres desséchées par les soleils, en bordure des mers d'améthyste, les anciens Grecs avaient tenté de résoudre le problème du vivant. Les biologistes aimaient citer Empédocle, Démocrite, Aristote, Lucrèce, mais ce n'était pas ce qui intéressait Alan : il avait, en étudiant les textes, ressenti cette impression, cette certitude qui venait de la volonté explicative d'unicité. Tout se tenait. On divisait le monde vivant en trois catégories : végétale, animale et humaine. Entre les deux dernières, le lien était prouvé, les hypothèses variaient et les spécialistes n'étaient pas d'accord, mais tous admettaient la liaison entre l'homme et l'animal. Peu à peu, au fur et à mesure des découvertes, les choses s'éclaircissaient, l'homme devenait de plus en plus précisément une espèce à l'intérieur d'un genre aux limites encore trop floues. Mais le monde végétal gardait son secret. Où se situait le point de jonction entre les grandes catégories du vivant ? Tant de questions semblables concernaient l'assimilation, la croissance, la multiplication. Il avait écrit quelques articles parus dans les revues scientifiques les plus officielles, dont un intitulé « La rose et l'écureuil » : si peu les séparait, et pourtant... C'est d'ailleurs après la parution de ce texte que Rexmond l'avait contacté, et il avait pu être introduit dans leur centre de recherche, en fait il s'était agi d'une simple étude dans le cadre d'OGM, un travail banal qu'il avait trouvé ennuyeux et dont le but louable était de fabriquer des pommes de terre que les larves de charançon jugeraient éminemment antipathiques. Au bout de deux ans à œuvrer sur ces tubercules, il avait donné sa démission.

C'est alors que l'un des dirigeants de Rexmond l'avait appelé dans son bureau.

À la grande surprise d'Alan, il ne lui avait posé aucune question. Il acceptait volontiers sa démission et lui proposait, en échange, un poste de directeur de recherche dans le secteur qui était le sien : l'étude des structures du phénomène végétal et ses rapports avec les autres domaines du processus biologique. Le contrat proposé s'étendait sur quatre ans, et il disposerait d'un budget fixé pour la première année à trois cent mille dollars. Alan avait appris, quelques jours après cette entrevue, que l'homme qu'il avait rencontré était le responsable général pour la France de la multinationale.

Il s'était retrouvé dans la position d'un apprenti à qui l'on dit : vous êtes viré et vous avez deux solutions, soit vous inscrire à l'ANPE, soit prendre les clefs et devenir l'un des patrons de la boîte.

Il avait passé plusieurs mois à composer une équipe. Il avait choisi des costauds des protéines, des types rompus aux techniques spectroscopiques les plus pointues, des physiciens pouvant jongler avec des cycles de transfert d'électrons, des chimistes pour qui les mécanismes de synthèse faisaient partie du train-train quotidien, au même titre que le café du matin et le journal du soir. Et il avait fait venir Antoine. Un jeune chercheur qui lui avait été recommandé par un de ses amis, directeur de stage de biologie à l'Université.

Antoine Bergaud s'y perdait dans les enzymes, les acides nucléiques et les phospholipides... c'était parfois sidérant. Ainsi, il avait passé six mois à établir que les molécules originelles venaient du méthane : une découverte qui datait pourtant de 1924. Mais Antoine avait ses fulgurances, ses coups de folie, et c'est ce qui avait séduit Alan. Cela faisait quelques mois que Bergaud lui avait remis deux feuillets, un brouillon bourré de fautes d'orthographe et de raccourcis invraisemblables, le tout intitulé : « Mère abusive ».

Il faut dire qu'Alan avait donné l'exemple et il avait été suivi : au lieu d'utiliser des numéros ou des codes permettant d'identifier des projets de recherche, il empruntait des titres au monde de la littérature populaire et du cinéma. Il y avait ainsi eu « Vertes années », un boulot de neuf mois concernant l'oxydation de la chlorophylle. Cela contribuait peut-être au climat de rigolade qui régnait parfois dans son service.

Alan resta collé derrière un camion. Il avait horreur de ces conducteurs qui déboîtaient d'un coup pour gagner deux mètres, cette sorte de rage idiote qui les propulsait dans le risque. Les plantes avaient quelque chose à apprendre aux hommes, Hélène le lui avait fait remarquer au début de leur rencontre : lorsque l'énervement la prenait, elle fonçait dans le jardin et se laissait hypnotiser par le massif d'hortensias à l'arrière de sa maison, peu à peu les battements de son cœur s'apaisaient. De la vision des fleurs pâles et immobiles, de l'odeur de terre et d'herbe mouillée montait une paix, quelque chose de lointain, de profond qu'elle ne s'était jamais expliqué, mais qu'elle avait ressenti fortement. Qu'y avait-il dans ces plantes ? Alan lui avait dit qu'en ce qui le concernait, il pouvait ressentir exactement le même effet en se récitant à l'envers la liste des caroténoïdes, sous-groupe des polyènes participant à la protection des cellules.

Il s'engagea dans la bretelle de sortie et déboucha en bordure du Bois. L'été, il lui arrivait de garer la voiture et de s'enfoncer sous les arbres, ou de marcher sur les rives du lac. C'était un coin qu'il aimait, il y avait le grondement de la ville proche, le Bois formait un sas entre deux mondes. Des ondes couraient sur les eaux mortes, les canards folâtraient entre les îles, il s'était amusé à répertorier tous les arbres que l'on trouvait en cet endroit... Malgré le ciel plombé et l'heure tardive, quelques barques glissaient : rien n'arrêtait le loisir touristique.

Il s'arrêta à la supérette et commença à balancer son panier en plastique rouge dans les travées. Donc elle avait dit Sopalin, confitures, et s'il poussait l'audace, voire l'inconscience, et quasiment l'irresponsabilité, à prendre du magret de canard ? Dangereux, car si Hélène avait prévu du saumon, cela ferait double emploi. Or Hélène prévoyait toujours du saumon, c'était depuis un mois et demi la période saumon, qui avait été précédée d'une très longue ère fenouil, digeste, le fenouil, un goût légèrement anisé, mais au bout du troisième mois, il avait conçu pour cette plante une haine mortelle, il rêvait qu'il en exterminait des champs entiers à l'aide d'herbicides surpuissants... Il décida de prendre des risques et rafla deux magrets sous plastique. C'est lui qui les ferait cuire, il se débrouillait pas mal en cuisine, Max-Max l'avait repéré, il préférait la tambouille paternelle, ce qui arrachait à sa mère de longues plaintes d'amour déçu.

Il n'y avait pas grand monde à la caisse. Le jeune Kabyle sympathique rendait la monnaie avec enthousiasme et bonne humeur, assurant ses clientes de son indéfectible plaisir à les servir. Alan lui serra la main et dut accepter des bonbons pour Max-Max, un de ses clients les plus extravertis.

Il gara la voiture et franchit l'allée de gravier qui ouvrait sur le perron. Il aimait le vieux pavillon, il ne quitterait jamais cet endroit, Hélène en était d'ailleurs tombée amoureuse et lui avait avoué ne l'avoir épousé que parce qu'il en était le propriétaire.

— Hélène !

Sa voix retentit dans l'escalier. Il y avait un camion renversé devant la porte de la cuisine et un tricycle abandonné devant le porte-parapluies. Il faudrait apprendre un jour à cet enfant à ranger ses jouets. Il enjamba les obstacles et entra dans la salle de séjour.

Il s'approcha de l'aquarium.

Sans doute le seul aquarium qui n'ait jamais contenu la moindre goutte d'eau : il occupait la moitié de la cloison et était situé dans la partie la mieux orientée de la pièce, celle qui se trouvait la plus exposée à la lumière.

L'appareil était aux trois quarts empli d'une terre épaisse dont Alan aurait pu réciter sans hésiter le pourcentage en acides aminés et autres composants chimiques.

Son domaine. Ses plantations. Il était loin du haricot de l'enfance.

Il aurait pu se contenter des serres dans lesquelles il réalisait ses expériences chez Rexmond : un demi-hectare de bacs, des semences à profusion, fleurs, plantes, arbustes choisis en fonction des besoins des expérimentations. Mais il aimait cette présence végétale à l'intérieur de sa maison. Il s'en expliquait en se disant que c'était une manie partagée avec quelques millions de concitoyens. Qui n'aimait pas les plantes ? Elles étaient devenues l'élément de décoration majeur de la deuxième moitié du XXe siècle et cela ne ferait que croître et embellir.

Il s'approcha. Le bac avait été divisé en quatre parties séparées par des cloisons de verre. Les mois précédents, il avait testé des solutions chimiques sur des plantes dialypétales mexicaines, en fait des peptides obtenus artificiellement par l'une des équipes de recherche de Rexmond qui était parvenue à créer un produit pulvérisable, le but final étant de modifier la pigmentation des feuilles. Scrupuleusement, chaque matin, Alan avait imbibé les cactées d'une brume sombre avant de partir travailler. Les résultats n'avaient pas été concluants, c'était le moins que l'on puisse dire. Au bout de quatre mois, il avait donné l'autorisation à Hélène d'offrir à Mme Sylvestre, voisine sexagénaire, copine de jeux de Max-Max et férue de botanique, ces fruits charnus du sol de l'Amérique centrale qui s'entêtaient à rester désespérément verts.

Cela faisait peu de temps qu'il avait planté les rosiers. Ce jour-là, Hélène avait été soufflée.

— Des rosiers ? De simples rosiers ? Qui donnent des fleurs ? Comme tout le monde ?

C'était vrai qu'il l'avait habituée à des végétaux exceptionnels et pas nécessairement décoratifs. La période des mousses avait été relativement angoissante de par le pouvoir de prolifération en tapis de ces plantes sans racines, dont la sève ne circulait pas. Hélène lui avait confié avoir eu quelques rêves difficiles à leur propos.

— Des cauchemars ?

— Pas vraiment, avait répondu Hélène, simplement tout ce bordel verdâtre est sorti toute la nuit du bocal, a bouffé la moquette, une partie de l'escalier, aspiré Max-Max et Olibrius et commencé à me dévorer vivante (Olibrius étant leur chat).

— Et ça s'est terminé comment ?

— Je me suis réveillée.

— Dommage, avait ricané Alan, j'aurais aimé savoir ce que tu serais devenue après digestion. Il est fort probable que, transformée en spores, tu aurais essaimé par un jour de grand vent lorsque les capsules se seraient ouvertes.

Aujourd'hui des rosiers, de simples rosiers.

C'était l'idée d'Antoine.

Ils se connaissaient depuis plus de trois ans maintenant, et Alan s'était rendu compte que son assistant faisait une fixation sur cette plante particulière. Alan avait pensé à une raison inconsciente, les roses avaient une légende forte, ce que les psychanalystes appelaient un mythe chargé. Une histoire de femme peut-être... un jour il avait offert des roses à une fille qui s'était refusée, ou alors il apportait ces fleurs sur la tombe d'une fiancée suicidée... Peut-être lui évoquaient-elles un chagrin ineffaçable ou une nuit torride sur un balcon vénitien, entre corolles et étoiles ? Il l'avait questionné après le travail, un soir qu'ils s'étaient retrouvés au parking.

— Je me demandais si ton amour des roses ne reposait pas sur des raisons personnelles, peut-être sentimentales.

Antoine avait introduit la clef dans la serrure de son vélomoteur et assujetti son casque intégral.

— Absolument pas, j'ai toujours trouvé qu'elles occupaient, parmi les angiospermes, la place d'honneur pour l'étude des sacs embryonnaires.

Alan l'avait vu disparaître dans la fumée d'un pot d'échappement débridé avec une légère déception, mais sans doute avait-il toujours conféré à la plupart des êtres humains qu'il rencontrait une part de romantisme qu'ils étaient loin de posséder.

Tout cela était en relation avec « Mère abusive ». Antoine travaillait dessus. Et lorsque Antoine travaillait, cela voulait dire que la lumière de son labo brûlait toute la nuit. Au cours de la journée, il le croisait parfois devant la machine à café en train de s'enfiler des espressos en série pour tenir le coup. Pas question de lui demander si les choses avançaient, on se serait exposé à ce genre de remarques proférées à voix assourdie, du style : « Votre question s'adresse sans doute à un coureur à pied, personnellement je suis dans la recherche. »

— C'est un voleur ! Je tue les voleurs !

Alan n'eut pas le temps de se retourner. Max-Max fusait dans la pièce et, le plaquant aux jambes, s'abattait sur lui. Ils s'écroulèrent sur le canapé et Alan souleva son fils qui gigotait en se disant qu'ils devaient offrir, en cet instant, l'image parfaite d'une famille telle que la présentaient les feuilletons américains. D'autant qu'Hélène entrait à son tour en scène :

— Ce môme me tue, dit-elle, je l'ai quand même battu trente buts à zéro.

Max-Max hurla de rire.

Alan était bien placé pour savoir ce que représentait pour la résistance d'un organisme humain les interminables parties de tirs au but auxquelles Max-Max les contraignait l'un et l'autre dans le bois tout proche.

— Tu as pensé au Sopalin ?

— J'ai pensé à tout.

Il se leva et s'approcha d'Hélène.

— Un baiser, dit-il, un sensuel, un truc sordide, baveux.

Elle sourit.

Il ne sut jamais par quelle association d'idées il se souvint à ce moment précis qu'il avait oublié dans la boîte à gants la fiole que lui avait confiée Antoine.

Ce n'est que le lendemain soir qu'il y repensa et il

suivit les indications que le jeune homme avait tracées au crayon sur l'étiquette : Diluer dans un quart de litre d'eau et pulvériser un des rosiers au collet.

Alan obéit scrupuleusement pendant huit jours.

« Il faut être idiot comme un écologiste pour penser l'environnement en termes de richesse patrimoniale. On se trouve alors dans la situation d'un aliéné qui se réjouirait d'un héritage qui ne comporterait que des dettes à régler. »

Francisco Espare,
intervention au Congrès
de génétique moléculaire de Salamanque,
avril 2003.

Journal d'Alan

Je n'ai jamais tenu de journal intime ni fait de comptes rendus détaillés concernant les expérimentations que j'ai pu effectuer dans le cadre de mon travail. J'ai toujours su, avec une satisfaction certaine, me débarrasser de ce genre d'activité auprès de l'un ou de l'une de mes auxiliaires. Paul est d'ailleurs parfait pour cela, il a un don pour transcrire par écrit l'évolution du travail en cours. C'est un as du procès-verbal, il n'oublie rien et réussit le tour de force d'être à la fois précis et rigoureux, sans être emmerdant.

Mais aujourd'hui je ne peux pas avoir recours à lui pour raconter ce qui se passe, pour la raison tout à fait non scientifique que je ne sais pas si ce qui se passe se passe vraiment, et si je ne me suis pas transformé depuis trois jours en romancier ou autre fabricant de billevisées, interprétant de façon déformée des faits qui n'ont sans doute entre eux aucun rapport.

Malgré cela, j'éprouve, je ne sais pas vraiment pour quelles bizarres raisons, le besoin de relater par écrit ces événements qui, bien qu'anodins, ont fait naître en moi une étrange impression.

Je n'en ai parlé à personne.

Surtout pas à Hélène que je ne voudrais pas alarmer, et qui, si je lui faisais part de mes conclusions, serait capable de téléphoner à l'établissement psychiatrique le plus proche, et cela avec raison.

Je ne sais pourquoi encore, j'ai l'impression, en tapant ce texte, qu'il n'est nul besoin d'utiliser le vocabulaire technique servant habituellement dans le monde de la biologie expérimentale, et que si je couvrais l'écran d'équations, le lecteur potentiel aurait tendance à laisser tomber et à ne m'accorder aucune créance. Le monde est ainsi fait que ce qui est inconnu et d'apparence compliquée touche aux prémices de l'anormalité. Autrement dit, plus vous serez savant, plus vous aurez l'air fou.

Je vais essayer d'être clair tout en faisant simple, ce qui est bien moins facile qu'il n'y paraît.

Voici les faits, sans qu'il soit nécessaire d'utiliser un dictionnaire spécialisé pour les comprendre.

La maison dans laquelle je vis depuis l'enfance possède un jardin et, à cette période de l'année, qui dit jardin dit oiseaux.

Ils sont là, présents dès le matin, d'autant qu'Hélène les nourrit, aidée par notre fils qu'il a fallu par ailleurs réfréner dans cette tâche, étant donné sa tendance à balancer le contenu du réfrigérateur, emballages inclus, au pied des arbres. Nous avons donc les moineaux les plus gras du département.

Pas de stress du côté des félins car notre unique chat a une peur maladive de tout ce qui vole. Le surgissement d'un papillon suffit à le faire fuir jusque derrière la chaudière où il s'installe régulièrement pour de longues siestes réparatrices. Jamais non plus d'apparition d'autre chat dans le secteur. Donc les heureux moineaux viennent s'ébattre joyeusement dès les premiers beaux jours sur le rebord de nos fenêtres, et plus particulièrement sur celui de la salle de séjour qui les a toujours attirés davantage, Hélène y secouant plus volontiers qu'ailleurs les miettes des repas.

Lundi, premier relevé des faits : levé le premier, j'ai découvert à cet endroit un oiseau mort.

Un moineau semblable à tous les autres, gris et dodu.

Pour ménager la sensibilité de la mère et de l'enfant, et pour éviter un enterrement en grande pompe avec cadavre dans de la ouate, cercueil-boîte à chaussures et questions métaphysiques de Max-Max sur les caractéristiques de la mort, du style : « Où qu'il est maintenant l'oiseau ? », question à laquelle je trouvais plus prudent de ne pas m'affronter, espérant m'éviter ainsi d'insistantes migraines, j'ai dissimulé le petit corps au milieu d'un sac-poubelle.

Je n'ai plus pensé à cet incident durant la journée qui a suivi, les piafs ont bien le droit, après tout, de mourir.

Le lendemain, mardi, au pied du mur, j'ai découvert deux oiseaux morts. Cela m'a fait penser à une vilaine comptine pour enfants : « un oiseau, deux oiseaux, quatre oiseaux morts... », le genre de musiquette que l'on entend dans les films d'épouvante, juste avant que les morts-vivants n'attaquent l'orphelinat.

Je les ai ramassés en utilisant les gants dont je me sers pour le jardinage et, contrairement à la veille, je les ai examinés. Aucun des deux, pas plus que le premier, n'avait l'air malade. De quoi sont-ils morts ?

L'empoisonnement est évidemment la première idée qui traverse l'esprit, un voisin fatigué des pépiements aurait-il parsemé son jardin de graines nocives ? C'est l'hypothèse la plus probable, mais elle se heurte à un point d'importance : pourquoi seulement deux piafs crevés, et pourquoi sous mes fenêtres ?

Serait-il possible que le mal soit venu de l'intérieur

de la maison ? Hélène aurait-elle éparpillé dehors quelques résidus de repas qui se seraient révélés mortels pour eux ? Il m'a paru difficile d'admettre que les miettes de croûte de pizza, de pain ou de biscotte restées sur la nappe aient pu faucher trois vies, même minuscules, ou alors c'est à désespérer des dons culinaires de mon épouse et du boulanger du coin.

Reste la solution Max-Max. Est-ce que, dans l'espoir de régaler ses copains ailés, il n'aurait pas versé sur le rebord de la fenêtre un produit dont l'odeur lui aurait paru appétissante, du style poudre à laver, liquide pour vaisselle, démaquillant, crème raffermissante ou tout autre cosmétique parfumé emprunté à la collection imposante de sa mère ? En tout cas, si les morts inexplicables se multipliaient, il allait falloir demander à la maman de surveiller son rejeton de près.

Je me suis débarrassé une fois de plus des deux volatiles de la même manière que la veille.

Mercredi matin, je me suis éveillé en y pensant. Allais-je encore tomber sur des oiseaux morts ? Sans que cela m'ait perturbé – je ne parlerai pas d'appréhension –, je me suis cependant hâté vers la fenêtre.

Rien.

Soulagé.

J'ai pris le temps de me doucher, de m'habiller, de déjeuner et, sous le prétexte d'aller fumer une cigarette dans le jardin, je suis sorti et j'ai commencé à fouiller les lieux à la recherche de nouveaux cadavres. Après tout, je dois avouer que je n'y avais pas jusque-là pensé, peut-être y en avait-il ailleurs. L'herbe n'était pas très haute. Je n'avais pas encore passé la tondeuse, nous n'étions qu'au début du printemps. J'ai fouillé quelques taillis, regardé partout : j'ai pu me rendre compte, au bout de quelques minutes, qu'il n'y avait rien, le tout ne dépassant pas soixante mètres carrés, j'en eus vite fait le tour.

La journée s'est déroulée sans histoire. Si, cependant : une soirée avec trois copines d'Hélène, copines redoutables, toutes profs comme l'était ma femme avant la naissance de Max-Max. L'une d'elles, Yolande, est une militante active anti-OGM. Lorsqu'elle pénètre chez moi, un des suppôts de Rexmond qu'elle accuse, avec quelques autres entreprises, de vouloir cloner la planète avant la fin de l'année et à laquelle elle reproche de fabriquer des fruits et légumes de trente kilos chaque, elle marche sur la moquette comme sur un champ de mines, et considère les radis qui sont dans son assiette à l'égal de grenades explosives... Yolande s'est, à un moment, dirigée vers les rosiers avec suspicion, les a humés comme si elle se tenait au-dessus d'une tinette et m'a demandé si ces plantations étaient normales. Je le lui ai certifié, mais elle n'a pas eu l'air de me croire. Je ne lui ai évidemment pas dit qu'elles me servaient de champ expérimental.

Ce même jour, d'ailleurs, Antoine m'a demandé si je continuais mes pulvérisations. Je l'ai rassuré, ce qui était exact, n'ayant pas oublié mon humble tâche une seule fois.

Jeudi.

C'est Hélène cette fois qui m'a réveillé, il arrive qu'elle se lève avant moi.

— Viens voir.

Je me suis levé et l'ai suivie jusqu'à la fenêtre.

— Regarde.

Je m'étais couché tard, j'avais mal dormi et je savais, au ton de sa voix, que ce que j'allais voir ne serait pas des plus agréables, et ce ne le fut pas.

Un nouveau piaf, au même endroit.

Les choses se présentaient cette fois différemment : la bestiole avait la tête coupée. La tête reposait à côté du corps, séparée de lui par une vingtaine de centimètres.

— Qui a fait ça ?

Elle a posé la question avec sévérité, et un vieux réflexe jailli du fin fond de l'enfance a failli me faire répondre : « C'est pas moi. »

Je suis allé chercher mes gants de jardinage et j'ai examiné le corps tandis que ma femme allait vérifier que Max-Max dormait toujours, pour lui éviter la découverte du drame.

Je me souviens que nous avons discuté en intellectuels exacerbés de l'importance de la première approche de la mort chez l'enfant. Hélène craignait le traumatisme qui en résulterait, elle a à cette occasion proféré quelques sentences vigoureuses, du genre « et l'on s'étonne qu'il y ait des serial killers »... Nous avons décidé d'un commun accord de ne pas montrer ce spectacle à notre fiston afin d'éviter que, puberté venue, il n'aille rendre visite à ses proches voisines avec une hache dans chaque main.

Pendant ce temps, j'ai examiné la victime en médecin légiste : le corps avait été tranché net comme si l'animal était passé sous une guillotine. Quelqu'un s'amusait-il à mettre des collets ? Cela était bien improbable car pourquoi, et surtout comment, ce moineau aurait-il volé, sans tête, jusqu'à cette foutue fenêtre où trois de ses congénères étaient déjà venus mourir ?

J'ai dû, cette fois, enterrer le corps avec la pelle en plastique de Max-Max dans le fond du jardin, celle qui lui sert, l'été, à faire des châteaux et, les autres saisons, à menacer ses copains du bac à sable.

J'ai eu, à une époque, une période polar. J'en lisais beaucoup, cela m'arrive encore, et je me suis surpris dans la journée à repenser à ces événements. À l'instar des héros déductifs de ce genre d'histoires, j'ai eu un éclair lumineux dans le plus pur style Sherlock Holmes ou Hercule Poirot. Je résume en quelques mots.

Le seul jour où il n'y avait pas eu d'oiseau mort était le mercredi. Que s'était-il donc passé le mercredi qui avait rendu les choses différentes ?

La solution m'est apparue, aveuglante : il avait plu ce jour-là, je m'en souvenais parfaitement. Une longue averse en soirée. Le genre pluie de printemps qui m'avait obligé à courir pour ranger sur la terrasse les chaises longues imprudemment sorties par Hélène, pour qui l'année est un éternel été, et qui avoue que la sortie de ces sièges est un geste incantatoire hâtant l'arrivée des beaux jours.

Conséquence de cette pluie, contrairement aux autres jours nous avions fermé les fenêtres. Et elles l'étaient restées pour la nuit.

La conclusion s'impose : « fenêtres fermées » égale pas de cadavre le lendemain matin. En termes plus précis, la cause de ces morts réside à l'intérieur de la maison. À partir de cette constation, il est évident que le suspect n° 1 devient Olibrius.

Et si le chat cachait son jeu ? Sans aller chercher un machiavélisme exceptionnel dans le crânc de ce félin doté d'un insurmontable crétinisme, on pouvait penser que, l'instinct devenant plus fort, il était arrivé à dépasser sa peur de la gent ailée pour en trucider quelques spécimens et les déposer en offrande à ses maîtres sur le rebord de la fenêtre.

Ce chat est idiot. Nous le savons tous, même Max-Max s'en est aperçu. Idiot et peureux, avec une préférence pour les vestes de tweed auxquelles il peut rester accroché des heures sans bouger, qu'il y ait quelqu'un dedans ou qu'elles soient suspendues dans le placard.

Ce soir, malgré la douceur de la température, je vérifierai la fermeture des fenêtres, et nous verrons bien si je suis digne d'appartenir à la lignée des grands détectives, anglo-saxons et autres.

Vendredi matin.

Pas d'oiseau mort, l'épreuve est concluante. Je croise Olibrius dans le couloir et cherche à découvrir quelque chose dans son attitude qui trahisse à la fois sa duplicité et sa frustration : il se contente de foncer sur moi en utilisant un divan comme tremplin, et de se scotcher dans mon dos, les griffes dans la laine de mon pull. Il y reste le temps que je boive un café, lâche prise et repart se coucher. Manifestement, il a accompli l'essentiel du travail de la journée.

Ce soir, je ferai une contre-expertise et laisserai la fenêtre ouverte : s'il y a meurtre à nouveau, je saurai qui est le meurtrier.

Le lecteur éventuel de ces lignes a de quoi s'étonner.

Quoi ! Un spécialiste de la catalyse et des réactions chimiques du monde végétal, passionné par l'hypothèse de l'unicité originelle et fonctionnelle de l'univers vivant, perd son temps à raconter par le menu des histoires de moineaux morts et de chat imbécile !

Il est temps que j'éclaire ce point d'importance, d'autant que nous voici arrivés à la soirée du vendredi.

Antoine est venu dîner à la maison.

En général, Hélène et moi ne sortons pas ce soir-là. Nous ne recevons pas non plus, nous nous contentons le plus souvent de choisir à la télé le film le plus idiot, ce qui nous entraîne d'ailleurs dans des discussions infinies.

— Je t'avoue que le feuilleton de la 2 me paraît

d'une connerie révoltante, ce serait dommage de le louper.

— Alors là, excuse-moi, mais tu as vu celui qui passe à TF1 ? Un top du genre.

Bref, ce sont de grands moments de détente que nous préservons le plus possible, mais Antoine m'a fait part dès le milieu de l'après-midi de son désir de se rendre compte par lui-même des résultats des vaporisations effectuées. J'ai passé un coup de fil à Hélène pour qu'elle ajoute une assiette, et je l'ai ramené à la maison.

Je peux le dire à présent, j'étais intrigué par son travail. Depuis quelque temps il effectuait des recherches sur la plastocyanine, mais j'avais constaté qu'il n'y attachait pas une importance démesurée. Je connais le père Antoine, c'est un être de passion capable de ne pas dormir pendant trois jours parce qu'il bosse sur des molécules cycliques. Inversement, si les choses ne l'intéressent que dans une modeste mesure, il peut traîner des mois sur une tentative de transformation du chloroplaste tout en pensant à autre chose.

J'avais senti chez lui une impatience, et cette impatience était due à l'attente des résultats donnés par le travail dont il m'avait chargé. Je savais simplement que s'il m'avait demandé d'effectuer chez moi cette expérience alors qu'il aurait pu la mener tranquillement dans la parcelle de serres qui lui est attribuée, son champ d'expérimentations habituel, c'est qu'elle avait quelque chose de particulier. Mais quoi ?

Ce personnage est un cas. Nous avions sympathisé assez vite et, trois semaines après qu'il eut commencé à travailler sous ma direction, je l'invitais à dîner à la maison. Comme j'ignorais tout de lui et qu'avec sa tignasse échevelée, ses lunettes glissantes et son sourire douloureux, j'en avais déduit son succès auprès des femmes, je lui avais proposé de venir avec son amie s'il en avait une. Avec ce naturel confondant qui avait brisé le cœur des jeunes stagiaires féminines, il me répondit qu'il n'avait pas de femme dans sa vie, pas d'homme non plus car, ayant tâté des deux, il en avait conclu que son truc à lui était la branlette.

En plus des avantages que la solitude pouvait apporter dans la vie d'un homme sur le plan de l'indépendance et de la liberté, sa théorie était la suivante : toute personne s'étant livrée, ne serait-ce qu'une fois, à la masturbation devrait s'apercevoir, si la personne en question est honnête avec elle-même, que l'orgasme obtenu ainsi est d'une amplitude toujours supérieure à celui auquel on parvient avec un ou une quelconque partenaire... Savoir se contenter de l'onanisme était le secret du bonheur, cette méthode considérée comme un pis-aller était en réalité un top en matière de sexe.

Il avait parlé une heure et demie sur ce sujet, tout cela vérifié, prétendait-il, par des instituts de sexologie qui n'avaient jamais rendu publics les résultats, craignant de voir se dépeupler la planète. On boit seul, on mange seul, on dort seul, pourquoi faudrait-il baiser à deux ?

Après avoir lu des montagnes de bouquins, il en avait conclu que la question se posait ainsi : le sexe n'était-il pas avant tout une activité solitaire, compliquée, déviée et, en quelque sorte, pervertie par la présence d'un partenaire dont l'utilité n'était pas nécessaire à l'accomplissement du besoin ?

Tel était Antoine.

Nous arrivâmes chez moi après le franchissement des embouteillages habituels, amplifiés par les départs en week-end, et je n'avais pas refermé la portière de la voiture qu'Antoine avait déjà franchi le seuil de la maison, embrassé Hélène, jeté Max-Max au plafond, reposé à terre et foncé vers l'aquarium-jardinière.

Avec la dextérité qu'entraîne la pratique, en se servant de son index comme d'un plantoir il dégagea chaque pied de rosier de sa gangue de terre et gagna la terrasse à l'arrière de la maison.

Là, je le perdis de vue, et commençai à remplir les verres de glaçons et de whisky canadien pour lequel nous nous étions découvert un goût commun.

C'est au moment où j'éventrais un sachet de cacahuètes sous l'œil exorbité de Max-Max que je le vis réapparaître à la porte-fenêtre.

Il s'appuya quelques instants au chambranle et me regarda.

Il devait être près de vingt heures et, en cette saison, le jour a déjà la teinte plombée qui précède les crépuscules. J'ai pensé que les dernières lueurs du ciel lui conféraient cette pâleur qu'il me sembla voir répandue sur ses traits. Plus exactement, ne voyant pas à quoi attribuer cette lividité subite, j'en attribuai la cause à l'éclairage.

C'est alors qu'il parla, d'une voix que j'étais certain de ne jamais avoir entendue.

— Bon Dieu, Alan, dit-il, je crois que ça marche.

« On peut, pour être bref, résumer l'avancée de l'humanité dans le domaine de la connaissance en disant que ce qui a été problème est devenu solution et que ce qui a été mystère est devenu problème.

» Nous voici parvenus à l'aube d'un monde sans ténèbres. Cela sera-t-il suffisant pour le rendre lumineux ? »

Marco Perrinal, extrait d'un article paru
dans *Le Monde des idées*
intitulé « Vers une aveuglante clarté ».

Suite du journal d'Alan

C'EST à présent qu'il me faut tenir ma promesse.

Rester simple, m'adresser uniquement à des non-spécialistes, résister à l'envie de répandre sur cet écran une mer de formules et d'équations.

Je vais essayer.

Nous étions donc le vendredi soir, et je pouvais, à présent que je me tenais plus près de lui, et sous un angle différent, m'apercevoir que la pâleur d'Antoine n'avait rien à voir avec la lumière du soir tombant.

— Qu'est-ce qui t'arrive ?

Il prit machinalement le verre que je lui tendais et l'éclusa d'un coup. Il s'ébroua et pivota sur ses talons.

— Viens voir...

J'obéis.

J'avais planté dans le bac quatre rosiers de dimensions équivalentes. Ils reposaient tous là, alignés sur la pierre de la terrasse, parallèles, séparés l'un de l'autre par un même intervalle. Celui sur le collet duquel j'avais effectué les pulvérisations était marqué d'une bague jaune.

Je m'accroupis et examinai les plantes.

Il faut préciser qu'aucune d'elles n'avait donné de fleurs.

Au premier coup d'œil, aucune différence ne semblait les séparer : couleur identique, mêmes feuilles, même structure, mêmes insertions latérales sur les tiges, mesures semblables, contour du limbe idem, les appareils aériens des quatre rosiers étaient les mêmes, tout au moins autant que le permettait un simple coup d'œil. Il eût fallu aller plus loin en pratiquant des coupes et en examinant au microscope la composition des tissus, mais à première vue...

— Regarde les racines.

Je les examinai.

Ce n'était pas d'une évidence aveuglante, mais l'arbuste bagué avait l'appareil radiculaire plus court. Oui, c'était même assez net, il devait y avoir un bon centimètre d'écart avec les autres. Peut-être même davantage.

Je m'étais accroupi pour examiner les rosiers de près, et je me redressai avec une grimace. Un jour, je referais du sport. Un jour...

Au point où j'en étais de mon investigation, je ne pouvais être sûr de rien. Simplement il apparaissait, si j'en croyais Antoine qui avait dû prendre des mesures plus précises, que le produit employé contre cette plante avait pour effet de rétrécir son appareil souterrain. Il fallait qu'il m'en dise plus car, à ce stade, je n'étais pas très avancé.

— Antoine, tu me racontes après le repas, on va pas casser les pieds à Hélène avec nos conneries.

Il hocha la tête avec enthousiasme.

— Ça m'arrange.

Nous avons replanté les rosiers en jardiniers amateurs, en tassant la terre avec la paume de la main, et nous nous sommes tapé trois scotchs d'affilée. Antoine semblait en avoir le plus urgent besoin et je me demandais pourquoi. L'avenir devait bigrement m'éclairer sur ce point.

Je l'examinai pendant tout le repas : il semblait

n'avoir aucune autre préoccupation que d'être ce qu'il savait être, un hôte joyeux, drôle, tapant avec enthousiasme et délectation dans le lapin-moutarde. Nous sommes actuellement dans une période lapin-moutarde, il eut d'autant plus de mérite d'en ingurgiter deux assiettes que Max-Max, fourré sur ses genoux, lui avait confisqué ses lunettes.

Ce n'est que vers minuit qu'Hélène nous quitta. Après avoir couché l'enfant, elle redescendit, éclusa deux cognacs et nous entretint un bon quart d'heure de l'avenir politique de la planète. Il ne faisait pas de doute qu'une résurgence du marxisme-léninisme prendrait naissance sur le sol américain, face à une Russie ayant sombré dans le chaos du libéralisme. Nous la remerciâmes de ses prévisions, Antoine l'embrassa tendrement, moi de même, et nous la regardâmes disparaître avec une indulgence teintée d'émotion.

Je me tournai alors vers mon hôte.

— Déballe ton sac.

Il commença à m'expliquer, je me souviens davantage de ses expressions que de ses mots. En fait, il était à cet instant-là comme une marmite sous pression qui ne tardera pas à exploser. Je compris quel effort ce repas avait dû lui coûter, et je l'ai admiré d'avoir exercé un tel contrôle sur lui-même, d'avoir plaisanté, ri, dévoré, comme si rien ne l'avait préoccupé durant toutes ces heures.

Au fond, tout est déjà dans le titre-code que porte le projet : « Mère abusive ».

L'idée est enfantine.

Je me souviens d'une chanson que ma mère me murmurait certains soirs, j'en ai conservé un souvenir limité à une question : « Les p'tits bateaux qui vont sur l'eau ont-ils des jambes ? »

La question qui est à l'origine des recherches d'Antoine procède, à peu de chose près, du même niveau intellectuel que dans la comptine : pourquoi la quasi-totalité des végétaux ne se déplacent-ils pas comme la quasi-totalité du monde animal ? De l'éléphant au protozoaire, tout bouge, chaque individu disposant d'une relative autonomie motrice. Plus exactement, presque tous, car nous sommes dans les sciences de la vie qui n'évitent pas l'exception. En d'autres termes, le végétal naît, croît, se reproduit et meurt au même endroit. C'est un cas unique dans le domaine du vivant. Antoine s'est demandé pourquoi.

C'est aussi stupide que ça. Ou aussi génial, car vient un moment où le coup de génie ressemble à s'y méprendre au coup de folie : quand le savant se pose une question d'enfant borné.

De là est née la thèse explorée dans « Mère abusive ».

Je vais avoir recours à une image pour expliquer la solution proposée par Antoine Bergaud.

Nous supposerons que la terre est un ventre, un ventre nourricier. C'est un thème qui court d'ailleurs dans les trois quarts des civilisations que l'homme a pu connaître.

Ce ventre produit la vie, donc toutes sortes d'êtres vivants. La plupart s'en détachent, la fuient peut-être : oiseaux, poissons, animaux terrestres, humains...

Seuls les végétaux restent attachés en elle, physiquement attachés. Tout se passe comme s'il s'agissait d'un accouchement inachevé : l'enfant-bourgeon sort, montre sa tête, son corps, mais il ne se séparera jamais de la source originelle, ses pieds restant ancrés dans la matrice initiale, et il y puisera les sucs nourriciers jusqu'à l'épuisement, jusqu'à la mort.

Antoine a repris la comptine d'autrefois, légèrement modifiée : « Pourquoi les végétaux n'ont-ils pas de jambes ? » Deux réponses s'imposaient logiquement.

La première était que la terre retenait en son sein, par le jeu de forces jalouses et invincibles, tout ce qui appartenait au monde des plantes. C'était la thèse « Mère abusive ». La mère refusait la libération, le détachement de son propre enfant, par une sorte de réflexe de possessivité jalouse.

La deuxième reposait sur le principe qu'il y avait dans chaque spécimen, du brin d'herbe au platane, une faiblesse congénitale qui l'empêchait de se détacher des profondeurs du sol où il puisait sa nourriture.

Il avait fallu à Antoine un grand nombre d'années de travail théorique et d'analyse pour isoler une variation particulière de l'énergie, symbolisée par Δ 6.

La découverte serait d'importance, si elle s'avérait : le monde végétal de notre planète n'est stable que parce que Δ 6 n'est pas uniformément réparti et que le combat est déséquilibré.

Un des lutteurs tient l'autre cloué au sol, il ne se libérera pas, il ne s'est jamais libéré de son emprise.

J'écris ces lignes avec, dans les oreilles, le gong lointain et anormalement fort de mon cœur. Il me semble que je ne trouverai plus jamais le sommeil... D'ailleurs le jour se lève, Antoine dort dans le salon. Nous avons parlé jusqu'à quatre heures du matin.

Son invention est en fait un régulateur permettant un rééquilibrage parfait des forces en présence : sur le ring, se tiennent un poids lourd et un poids mouche, le truc est de faire grossir le poids mouche et maigrir le poids lourd afin d'obtenir deux poids moyens. Ce régulateur pourrait être d'origine électrique, momentanément Antoine lui a trouvé un substitut chimique, le produit qu'il m'a remis il y a quelque temps.

Après huit jours d'application, on peut, comme

nous avons pu le voir, constater un raccourcissement des racines sans, et c'est là l'important, qu'il y ait dégénérescence du reste de l'arbuste. Si l'on part du postulat que l'importance des racines est fonction des besoins de l'ensemble, il est évident que le rosier sur lequel repose notre expérience a moins besoin de ses appareils souterrains pour survivre.

Étrange endroit pour écouter ce délire d'Antoine... un pavillon de banlieue, une femme endormie près d'un enfant, une nuit de printemps silencieuse, des bouteilles vides, une table pas encore desservie, tout un décor familier, si habituel, si rassurant. Peut-être était-ce là qu'allait naître une vérité nouvelle qui bouleverserait l'univers... La fatigue commençait à se faire sentir, j'ai fermé les yeux et j'ai eu la vision de la forêt amazonienne se déplaçant, chaque arbre arrachant ses racines, il y avait là-dedans un côté dessin animé d'épouvante qui m'a fait rire.

J'étais un imbécile, Antoine un étudiant attardé jouant à se projeter dans Hugo De Vries, Weismann ou Mandel... on ne bouleversait pas ainsi l'ordre du monde biologique.

Nous avions replanté les rosiers et je n'ai pas voulu les déterrer à nouveau pour vérifier le phénomène de réduction que nous avions observé. J'étais vanné et je me souviens d'avoir pensé que je n'avais pas donné sa potion du diable au sujet expérimenté. Je ne sais pourquoi mais je décidai de ne pas le faire. Qu'est-ce que je craignais ? D'avoir un rosier itinérant ? Allons, il y avait dans tout cela quelque chose de risible et de pitoyable. Il fallait à tout prix que je reprenne mes esprits.

Quatre jours se sont écoulés.

C'est durant cette période que je me suis aperçu

qu'il était difficile, voire impossible, à un apprenti de ne pas être un sorcier.

Que se passait-il en moi ? Je sentais rôder quelque chose qui ressemblait à un danger... qui était toutefois suffisamment vague et brouillé pour que je décide, mais était-ce vraiment une décision, de ne pas lui conférer une importance m'entraînant à arrêter l'expérience.

Des racines se raccourcissaient sous l'effet d'une pulvérisation d'ordre chimique. Et alors ?

Il n'y avait pas là de quoi baliser.

Quant à l'épisode des oiseaux morts, il n'avait aucun lien rationnel avec le reste. Simplement une coïncidence, voilà tout. Le soir même où les pulvérisations avaient débuté, des oiseaux sans doute empoisonnés par des voisins étaient venus mourir sur ma fenêtre où ils avaient l'habitude de se tenir, l'un d'eux avait eu la tête arrachée par un obstacle en venant s'abattre contre la vitre.

J'ai donc continué à asperger consciencieusement de produit le rosier bagué.

Pourquoi est-ce que je le fais en douce ? Pourquoi est-ce que je n'en parle pas à Hélène ? Qu'est-ce qui me trouble et me gêne ?

Aucune nocivité dans le liquide utilisé. Si j'ignore les proportions de ses composants, je les connais et j'ai suffisamment de lumières sur leurs effets pour savoir qu'ils ne peuvent présenter aucune dangerosité pour l'humain et l'animal. Moins dangereux que n'importe quel pesticide dilué au cent millième. J'avais bien sûr pensé à la possibilité que ce soient les vapeurs dégagées par les gouttelettes qui puissent être mortelles pour les moineaux. Impossible.

Alors, pourquoi cette inquiétude ? Je ne me l'explique pas.

Nous arrivons à la nuit du 27 mars.

Je suis rentré tard à la maison. Des problèmes au labo. Depuis quelques jours, une drôle d'atmosphère flotte. Un retard dans la remise des résultats d'une expérimentation m'a énervé, ce qui est rare. J'ai cru percevoir chez la laborantine incriminée dans l'affaire une attitude de je-m'en-foutisme qui m'a rebroussé les nerfs plus que de raison. C'est une nouvelle dont j'ai remarqué l'excès de maquillage plus que l'excès de zèle. Manifestement, elle est là pour couler des heures douillettes entre les appareils, en attendant le prince charmant. Je suis donc revenu ce soir-là de mauvaise humeur.

Max-Max était bougon et, à le regarder traîner sur sa purée, j'ai entrevu l'adolescent emmerdeur qu'il deviendrait sans doute. J'ai fait l'amour avec Hélène, et cela a achevé de me saper le moral : il m'a semblé que nous en avions fini avec les excentricités et les emballements : ce fut une baise plan-plan, sans grande secousse, pépé et mémé se sont envoyés en l'air sans quitter le matelas. Cela ne nous était jamais arrivé et je me suis demandé si nous ne rentrions pas en douceur dans le troisième âge et dans ces joies paisibles, si tranquilles qu'elles en deviennent insupportables.

Hélène a ressenti la même chose et m'a demandé ce qui n'allait pas. Je lui ai parlé de fléchissement de la libido, de stress de l'homme moderne et autres conneries proférées au cours d'émissions psy sur les chaînes à grande audience.

J'ai eu du mal à m'endormir mais j'y suis parvenu lorsque, à quatre heures dix-sept, j'ai été réveillé en sursaut.

Je suis certain de l'heure. Je dormais le nez sur le cadran lumineux de ma montre-bracelet et, quand mes yeux se sont ouverts, les chiffres m'ont paru jaillir de la nuit.

Je devais avoir déjà le cœur à 150.

Un cri.

Un cri ininterrompu qui sciait l'air. J'ai cru voir un trait rouge dans le noir, transcription graphique d'une note suraiguë.

J'ai pédalé dans le vide et me suis levé d'un bond.

Cela venait de la chambre de Max-Max. Le pire était que je n'étais pas sûr que ce fût lui qui hurlait.

J'ai traversé la chambre en deux bonds, giclé dans le couloir et me suis précipité vers sa chambre. Je connais le chemin, je l'ai fait à tâtons sans allumer pendant plus d'un an pour cause de biberon. L'année dernière, mon fils a eu une période cauchemars et il m'est arrivé plusieurs fois par semaine d'aller le prendre pour le recoucher dans notre lit. Cette fois, je n'arrivais pas trouver la porte, le son vrillait les murs, il me semblait contenir toute la douleur de l'univers. Je me suis à moitié défoncé le genou contre la cloison, ma main a rencontré la poignée et j'ai déboulé dans la pièce.

J'ai éclairé.

Il était assis dans son lit et sa bouche dessinait un cercle parfait. Le son qui en sortait n'avait rien d'humain.

Je me suis élancé et l'ai pris dans mes bras, ses yeux étaient dans les miens, liquides, brouillés par une eau d'épouvante.

Hélène était déjà là et j'ai senti son cœur battre contre mon bras.

— Qu'est-ce qu'il y a, réponds, Max-Max. Où as-tu mal ?

Il s'est tu brusquement, ses paupières ont battu deux fois : j'ai pensé que ses mauvais rêves avaient recommencé.

Ma femme maintenant le tenait et elle l'a soulevé, le drap était entortillé autour de lui, le lapin est tombé. Deux ans qu'il dormait avec. Je le lui avais rapporté d'Helsinki, un vieux copain à lui qu'il trimballait partout par les oreilles.

— Où as-tu mal, Max, réponds...

Elle n'avait pas fini de poser la question que j'avais la réponse : sur son cou, tout autour, une marque rouge. Le sang perlait par endroits.

La peur a fondu sur moi. Je l'ai repris pour l'examiner de plus près : c'était comme si une cordelette très fine s'était enroulée autour de son cou et avait été serrée. Une strangulation.

Malgré moi, mes yeux se sont portés vers la fenêtre. Elle était fermée. Aucun carreau n'avait été brisé. C'était ridicule : quel cambrioleur aurait tenté d'étrangler un enfant endormi dans son lit ?

— Appelle le médecin.

Emmenant Max-Max, elle fit demi-tour et courut dans le salon vers le téléphone.

J'ai éclairé toutes les lumières de la maison, vérifié les fenêtres, les portes : rien n'avait bougé. Aucune trace d'effraction.

Je suis allé les rejoindre. Le silence semblait s'être épaissi depuis qu'il s'était tu. Hélène, assise, le tenait contre elle et le berçait, je me suis agenouillé et j'ai examiné plus attentivement la blessure. Elle dessinait un cercle continu, une meurtrissure de quelques millimètres de largeur. En trois endroits, la peau avait cédé et le sang avait un peu coulé. J'ai pensé à un collier de chien très étroit qui aurait comporté trois pointes, aurait été posé à l'envers et serré.

Hélène ne quittait pas des yeux la trace rouge. Elle parvint à desserrer les lèvres :

— Olibrius.

Les trois éraflures pouvaient correspondre à une griffe de chat. Je suis parti à sa recherche.

Pendant quelque temps, un temps qui était révolu, Olibrius avait été le souffre-douleur de Max-Max. Le gosse avait tendance à prendre l'animal pour, successivement, un accordéon, un ballon de foot, une toupie vivante et un poisson rouge. De longues discussions, quelques réprimandes et une fessée d'importance avaient convaincu l'enfant qu'Olibrius était un chat, n'était qu'un chat qui, bien qu'idiot, avait droit à ce qu'on se comporte avec lui autrement que comme un tortionnaire. Or, même aux périodes les plus infernales qu'il avait pu traverser, jamais Olibrius n'avait sorti la moindre griffe contre son tourmenteur. Je voyais mal le malheureux matou rampant dans la nuit et plantant ses griffes dans le cou de son maître endormi, pour exercer une vengeance rétroactive.

Je le découvris d'ailleurs à sa place habituelle, dans la cuisine, non pas dans le panier qui lui avait été dévolu et qu'il avait toujours dédaigné, mais couché sur le radiateur, le lieu le plus impropre au sommeil.

Par acquit de conscience, je vérifiai les coussins de ses pattes, en fit sortir les griffes dont aucune ne portait de traces de sang.

Gortal est arrivé quelques minutes plus tard.

Très petite forme. En pyjama sous son imperméable.

Le médecin de la famille est un cas. J'ai eu affaire à lui trois fois pour ce qu'il y a de plus banal au monde, une fois pour une grippe bronchiteuse, une autre pour une indigestion entraînant une débâcle intestinale, et la troisième fois pour un orteil cassé après un shoot contre le pied du divan, au cours d'un match de foot-in-door avec Max-Max. À chaque fois je suis sorti de son cabinet avec la certitude de trimballer un cancer généralisé.

Disons qu'il ne rassure pas.

Au cours de sa grossesse qu'il a suivie, Hélène lui a dit un jour, après une échographie : « Eh bien, tout à l'air de se présenter au mieux... », il a alors répondu avec un ton de scepticisme lugubre : « Ça en a uniquement l'air. »

Il a cependant un immense avantage : il habite en face.

Il a examiné Max-Max.

L'enfant ne semblait plus souffrir. Il n'a même pas eu un frémissement lorsque Gortal a palpé la peau à quelques millimètres de la plaie. Puis il lui a tâté le front et a jeté un œil autour de lui.

— Aucune idée de ce qui a pu lui faire ça ?

— Aucune.

Nous avons répondu ensemble. Il a hoché la tête.

— Est-ce qu'il est somnambule ?

Hélène m'a regardé.

— Il a fait des cauchemars à une époque, mais nous ne l'avons jamais retrouvé debout, se baladant dans une pièce ou...

Gortal s'est levé et s'est approché des rideaux. Il les a écartés et a découvert la double cordelette d'ouverture.

— Il y a deux solutions, dit-il. Ou l'un de vous ou les deux a tenté de l'étrangler avant d'être pris d'un remords subit, et on m'appelle, ou l'enfant, de lui-même, dans un état somnambulique suicidaire, a eu recours à un comportement autodestructif et s'est enroulé ces fils autour du cou.

— D'accord, dis-je, vous nous connaissez un peu, nous pouvons donc écarter votre première hypothèse.

Il étouffa un ricanement.

— J'ai vu des choses très curieuses chez les parents les mieux intentionnés. Vous ne savez pas tout ce dont les gens sont capables pour avoir une nuit calme, ça peut aller du cognac millésimé dans la bouillie à l'utilisation de la matraque souple.

Hélène se tortilla.

— Reste la deuxième hypothèse.

— Elle n'est pas absurde, l'instinct de mort apparaît avec la vie, des phénomènes morbides peuvent se déclencher très tôt chez des sujets jeunes... Il vous faudrait voir un pédiatre, bien que, personnellement, je n'aie pas une très haute opinion de...

— O.K., dit Hélène, et pour le présent, quelle est la conduite à tenir ?

Je me suis penché vers mon fils.

— Qu'est-ce qui s'est passé, Max-Max ?

Ses yeux sont revenus sur moi.

— Ça a serré, là...

Son index désignait sa gorge.

— Tu as vu quelque chose ?

— Non.

Gortal a déballé sa trousse.

— Nous allons désinfecter les coupures par prudence. Il est vacciné contre le tétanos ?

— Il a eu un rappel le mois dernier.

— Parfait.

Tandis qu'il s'occupait du gosse, je me suis rendu au salon et me suis approché des plantations.

Rien n'avait bougé. J'ai examiné de plus près le rosier bagué. Il n'offrait pas de différence particulière avec les trois autres.

Je manipule des végétaux à longueur d'année, j'en ai la plus grande habitude, je peux les prendre, les déterrer, les triturer sans les rompre, même ceux dont la fragilité est extrême, et je pouvais en cet instant m'en rendre compte : ce rosier était un rosier comme les autres. La tige centrale et une annexe comportaient des piquants incurvés, ceux que tout le monde connaît – pas de rose sans épines – et avec lesquels tout apprenti jardinier a eu, un jour ou l'autre, maille à partir.

Pourquoi, en cet instant précis où le jour commençait à poindre, me trouvais-je devant l'aquarium ? Gortal était parti et j'entendais Hélène préparer le café dans la cuisine. Quel rapport étais-je en train d'établir entre cet arbuste et l'incident de la nuit ? Je suis allé la rejoindre et, au cours de la discussion, nous avons bien été forcés d'admettre que le toubib ne pouvait qu'avoir raison : Max-Max, dans un rêve éveillé, s'était, involontairement ou pas, enroulé la corde des rideaux autour du cou. Nous avons décidé de le garder dans notre chambre durant un certain temps. Il n'y avait pas de quoi s'affoler outre mesure, le somnambulisme n'était pas une maladie mortelle, simplement il fallait éviter qu'il ne se blessât à nouveau au cours de l'une de ses crises. Nous avons même décidé, ce matin-là, d'en parler à une psy amie d'Hélène, sans embarquer Max-Max dans les méandres d'une analyse plus ou moins aléatoire. La surveillance parentale suffirait, si ce genre d'événement se reproduisait nous aviserions.

Le fait que ni l'un ni l'autre n'avions une confiance béate dans les pédopsychiatres a dû jouer un rôle capital dans notre décision.

J'ai cependant, je m'en souviens, demandé à Hélène si elle avait eu, au cours de son adolescence ou de son enfance, des histoires semblables. Elle s'est alors rappelé s'être réveillée, vers l'âge de dix ans, plusieurs nuits à la file, en train de passer la serpillière dans la cuisine, sous l'œil attendri de sa mère.

— Elle a paniqué ?

— Au réveil elle m'a demandé si, la fois prochaine, je ne voudrais pas laver les carreaux.

Bizarrement, cette nouvelle m'a rassuré : l'hypothèse par l'hérédité a parfois du bon.

Nous n'avons pas beaucoup dormi durant les nuits qui ont suivi. Ce ne fut pas le cas de Max-Max qui a ronflé comme un bienheureux.

Nuit du 1er au 2 avril.

Réveillé par un frôlement.

J'ai senti quelque chose glisser au niveau de mon oreille gauche, exactement au-dessous du lobe. Je n'ai pas eu le temps d'y porter la main.

J'ai allumé la lampe de chevet.

Rien.

Insecte ou araignée ?

J'ai vainement examiné les draps, les oreillers, la literie. Tout dormait, la lune était pleine, et du fond de mon lit je pouvais apercevoir le couloir par la porte entrebâillée.

Je n'ai pas pu me rendormir. Je me suis rendu dans la salle de bains et j'ai examiné devant la glace grossissante l'endroit où j'avais senti ce frôlement.

Pas de rougeur, pas de trace... Peut-être n'avais-je eu qu'une impression, le déplacement d'un nerf, une simple contraction musculaire. Ayant compris que je ne me rendormirais pas, je me suis préparé un café et j'ai travaillé un peu sur l'avancement des trois projets lancés au labo concernant essentiellement les données structurales de l'agrégat du manganèse. Leur avancée est prometteuse mais il est encore trop tôt pour en tirer des conclusions. Science = patience.

Malgré cette nuit écourtée, je me suis trouvé assez en forme durant la journée, j'ai même eu l'impression que ma nouvelle laborantine forçait moins sur l'eye-liner et davantage sur l'analyse de ses résultats. Tout arrive.

J'ai déjeuné à la cafétéria avec Antoine qui m'a paru soucieux. Cela se produit chaque fois qu'il fait fausse route. Il n'y avait qu'à observer sa façon de pignocher dans son céleri rémoulade pour s'en rendre compte. J'ai eu pour la première fois le sentiment qu'il partait un peu dans toutes les directions et qu'il ne s'en sortait pas. Je le savais capable d'audace mais j'avoue avoir du mal à le suivre dans la théorie qu'il m'a avancée sur le phénomène des tropismes qu'il associe soudain à celle d'un cerveau non centralisé.

Quelques mots d'explication s'imposent et je vais m'efforcer d'être plus clair que lui.

En deux mots, ce qui caractérise le monde humain et animal est la présence d'un organisme central dans lequel les différents stimuli, venant de l'extérieur comme de l'intérieur, sont ressentis et emmagasinés. À partir de ce centre, se coordonnent les impressions et s'organisent les réponses. Tout aboutit et tout part de cet endroit, agglomérat structuré de cellules entrant en interconnexion. C'est le cerveau.

Le monde végétal n'en possède pas. Les réponses, réduites à des comportements minimaux de défense ou de nécessité vitale, sont des tropismes : fermeture et ouverture des corolles, déploiement ou rétractation des feuilles sont fournis par l'ensemble de la plante sans qu'une unité spécialisée intervienne. Si je l'ai bien comprise, l'hypothèse d'Antoine serait de se demander si, en activant, en développant les phénomènes de stimulation, on n'arriverait pas, la fonction créant l'organe, à obtenir chez le végétal une activité plus grande, autrement dit à accroître une cérébralité diffuse.

J'ai tenté, assez brutalement, de lui mettre le nez en plein dans son problème qu'il noyait sous des chiffres et des métaphores :

— Ose le mot : tu penses que l'on peut obtenir du végétal une activité intelligente.

Il en est resté la fourchette en l'air.

— C'est une question de vocabulaire...

Si je ne suis pas spécialiste des phénomènes dont il m'entretenait, je suis suffisamment au courant pour savoir ce qui sépare un comportement instinctif d'un comportement raisonné, l'un étant du domaine de l'irrépressible et du spontané, l'autre pouvant être retardé en fonction de motivations diverses. On peut, de façon primaire, définir l'intelligence par l'économie. Le tigre ne se jette pas sur la proie dès qu'il l'aperçoit, il attend qu'elle soit à sa portée. Il y a retard de l'action au profit de son efficacité. Aucun tournesol n'attend, pour se tourner vers l'astre, le jour plus tard où ses rayons seront plus ardents...

Nous étions mardi et Antoine m'a demandé s'il pouvait passer chez moi ce soir-là sans attendre sa traditionnelle visite du samedi. J'ai accepté.

Nous nous sommes levés ensemble en emportant nos plateaux de self-service et mon portable a sonné.

C'était Hélène.

Quelque chose n'allait pas, je l'ai senti à sa voix.

— C'est Max-Max ?

Elle m'a rassuré tout de suite.

— Non... le chat.

— Qu'est-ce qui s'est passé ?

— Il est mort.

Je me souviens de m'être instantanément demandé quel âge il pouvait avoir et combien de temps les chats vivaient en moyenne. Je n'en avais pas la moindre idée. Il m'a semblé que ce devait être une quinzaine d'années et Olibrius ne devait pas, si ma mémoire était bonne, avoir plus de cinq ans.

— Tu l'as trouvé où ?

— Tout à l'heure, dans le salon. Je préférerais que tu sois là.

— Max-Max l'a vu ?

— J'ai eu le temps de le cacher. Il le cherche. Je suis en train de lui expliquer qu'il a pu s'enfuir, que cela se produit... il ne me croit évidemment pas.

— J'arrive.

Je suis rentré.

Je suis persuadé aujourd'hui que, s'il n'y avait pas eu cette série d'incidents que je viens de relater, je ne serais pas parti et j'aurais attendu la fin de la journée. Hélène a la tête sur les épaules et la mort de ce matou ne suffisait pas à la faire paniquer, mais, comme moi, elle avait, j'en suis certain, deviné un lien entre cet événement et la blessure de Max-Max.

Je suis arrivé rapidement. À cette heure les périphériques étaient dégagés et je n'ai pas dû mettre plus d'une demi-heure pour regagner le logis familial.

Max-Max errait dans le jardin à la recherche d'Olibrius, je lui ai affirmé avec force que nous le retrouverions, ce qui n'a pas eu l'air de le rasséréner.

Hélène m'a attiré dans le salon.

— Où est-il ?

— Dans le secrétaire, le tiroir du bas.

Elle avait la clef dans la poche de son jean et me l'a tendue.

— Je vais rejoindre Max-Max.

Lorsque je les ai entendus parler, j'ai ouvert le tiroir. Le chat s'y trouvait, la rigidité avait déjà contracté ses pattes. Les dents brillaient et de la salive avait coulé sur la fourrure du petit poitrail. Mes doigts se sont portés autour du cou : au simple contact de mes phalanges, la tête de la bête a basculé. Pas besoin d'être vétérinaire pour s'apercevoir que l'animal avait été étranglé, aussi sûrement que s'il avait été pendu au bout d'une potence.

Je suis allé chercher un sac plastique et je l'ai fourré dedans. Il me fallait savoir si une autopsie m'en apprendrait davantage sur cette mort.

Je suis sorti de la maison et j'ai couru jusqu'à ma voiture. J'ai jeté le petit corps dans le coffre et refermé. Max-Max poursuivait ses appels, accroupi devant chaque fourré. Hélène est venue vers moi.

— Qu'est-ce qui se passe ?

— Je n'en sais rien.

L'inquiétude dans ses yeux était palpable. C'était une après-midi de printemps, une des premières, un soleil jouvenceau jouait dans les branches à peine feuillues de nos deux tilleuls entre lesquels nous avions installé la balançoire.

Je me suis approché du gamin, à la fois pour le faire changer d'idée et pour éviter de répondre aux questions en suspens d'Hélène. Elle sentait que quelque chose m'inquiétait, elle devait percevoir ma propre inquiétude et n'aurait de cesse d'en connaître la raison.

— Une partie de foot ?

Le petit garçon tourna vers moi son visage préoccupé.

— Dès qu'il sera rentré...

Je suis entré à nouveau dans la maison où j'ai résisté à l'envie de me servir un scotch, j'ai regagné une nouvelle fois ma voiture. En passant, j'ai enregistré un détail, quelque chose qui clochait. J'ai encore fait trois pas et j'ai atteint la porte avant de réagir. C'est à ce moment-là seulement que je me suis retourné et que mes yeux se sont portés sur les plantations de l'aquarium.

Mes yeux, en passant, avaient constaté une absence.

J'ai tenté d'avaler ma salive. Je n'en avais plus une goutte.

Le rosier bagué.

Celui que je vaporisais chaque soir n'était plus là.

« Les odes à la Nature, comme on en trouve, par exemple, dans Goethe revisité par Massenet, sont le produit de la rencontre d'un pays tempéré de moyenne montagne et d'une pensée bourgeoise, autosatisfaite, et géographiquement réduite.

L'expression, « Nature pleine de grâce », m'évoque irrésistiblement la mort d'un Inuit par moins cinquante degrés sur la banquise, durant un blizzard d'hiver. »

John Jettro,
L'Apologie du chrysanthème, roman, 1999.

Procès-verbal

Ce qui suit est la transcription intégrale d'un enregistrement audio classé U.C. (ultra-confidentiel) dont l'original, codé par système Melk. 340, repose dans les archives genevoises de Rexmond. Cet enregistrement a eu lieu le 17 avril 2002 dans les locaux de Rexmond-France. Quatre personnes y ont participé, chacune d'elles y décline son identité avant que la discussion proprement dite ne commence, trois en détiennent le numéro, l'identification vocale et manuelle en permettant l'accès.

L'appareil utilisé est un simple magnétophone portatif de marque inconnue, il possède une particularité qui explique son choix : un système de verrouillage assez sophistiqué de la cassette interdit toute forme de duplication. L'écoute est nette, on n'observe aucune distorsion des voix. Toutes étant cependant métallisées, elles confèrent à chaque interlocuteur un timbre robotique assez accentué, mais qui ne nuit pas à leur identification. Lorsqu'elle aura été cryptée par la cellule élyséenne, la cassette sera immédiatement transférée au ministère de la Défense sous l'appellation « Secret Défense ».

La voici dans sa totalité. Sa durée est d'une heure trente-cinq.

PREMIÈRE VOIX : Steve Merchant. Je suis le responsable Rexmond pour la filière européenne. C'est moi qui ai demandé cette rencontre après en avoir débattu avec les intéressés qui vont se présenter à leur tour.

DEUXIÈME VOIX : Je suis André Vécalier, responsable du secteur recherche de Rexmond-France et, à ce titre, responsable des travaux de laboratoire et chef hiérarchique des deux spécialistes ici présents.

TROISIÈME VOIX : Mon nom est Alan Falken. Je travaille au secteur recherche depuis quatre ans, poste que m'a confié André Vécalier ici présent. Je suis professeur de biochimie à la faculté des sciences et responsable ici du programme.

QUATRIÈME VOIX : Mon nom est Antoine Bergaud, je travaille chez Rexmond sous les ordres d'Alan. Je tiens à préciser que les travaux qui nous amènent aujourd'hui à avoir cet entretien ne se sont pas déroulés dans le cadre et sur les lieux du labo, mais ailleurs et de manière totalement indépendante.

MERCHANT : Nous verrons cela plus tard. Je souligne que cette entrevue, dont la trace reste nécessaire, n'a en aucun cas pour but de rechercher des responsabilités, voire des fautes d'ordre professionnel, la cassette ne pourra être utilisée comme motif de sanction éventuelle.

VÉCALIER : Cela me semble aller de soi. Je précise d'ailleurs que le travail d'Alan, comme celui de son collaborateur, ne nous a donné que des satisfactions et a apporté à Rexmond...

ALAN : Merci de cette précision, André, mais je la crois inutile, nous ne sommes là pour recevoir ni des louanges ni des admonestations. Les travaux d'Antoine qui nous occupent aujourd'hui n'ont pas entraîné un centime de frais à l'entreprise et ne lui ont distrait aucune seconde de temps de travail.

MERCHANT : Antoine, je pense que c'est à vous d'exposer les faits. Nous sommes entre scientifiques et gens de bonne compagnie.

Silence de vingt-cinq secondes.

ANTOINE : Je vais essayer d'être bref.

ALAN : je crains le pire.

Rires.

ANTOINE : J'ai obtenu, après quelques tâtonnements, disons sept ans de recherches, une solution dérivant directement d'équations mathématiques appliquées au développement cellulaire, conjuguant trois familles de molécules.

MERCHANT : Nommons-la, pour nous simplifier les choses.

ANTOINE : « Mère abusive ».

VÉCALIER : Pardon ?

ANTOINE : « Mère abusive », la dénomination appartient à Alan.

ALAN : C'est exact. C'est plus une image qu'un nom. L'idée, en gros, consistait à penser que, comme une mère trop possessive, la Terre retenait prisonnière la totalité de la sphère végétale répandue sur le globe.

Silence de dix-sept secondes.

MERCHANT : Poursuivez, Antoine.

ANTOINE : La composition et le dosage de la solution utilisée reposaient en fait sur les propriétés des groupes individualisés de l'acide aspartique et de ses neuf peptides dont les dérivés peuvent être synthétisés par...

MERCHANT : Décidons pour l'instant de ne pas nous soucier de la cause, de son contenu ni de son élaboration, mais de parler de ses effets.

ALAN : J'ai, chez moi, expérimenté la potion magique concoctée par Antoine.

VÉCALIER : Nous voilà au fait.

ALAN : Ce fut très simple. Sur l'un des quatre rosiers que je conserve dans mon salon, j'ai pulvérisé « Mère abusive » en suivant les indications d'Antoine, et cela durant près d'un mois.

MERCHANT : Qu'avez-vous observé ?

ANTOINE : Tout d'abord un raccourcissement des racines.

Silence de quatorze secondes.

VÉCALIER : Net ?

ANTOINE : Assez net. Environ quatre centimètres.

MERCHANT : Combien de fois avez-vous procédé à ces mesures ?

ANTOINE : Une seule fois, au bout de quinze jours.

VÉCALIER : Est-ce la seule modification que vous avez observée ?

ANTOINE : La seule. Mais je n'ai pratiqué aucune analyse microscopique ou spectrale, c'est simplement de l'observation empirique.

MERCHANT : Pourquoi ne pas procéder aujourd'hui à...

ALAN : C'est impossible.

MERCHANT : Pourquoi ?

ALAN : Le rosier a disparu.

Silence de dix-neuf secondes.

MERCHANT : Avez-vous une idée de la cause de sa disparition ?

ALAN : Je n'en ai qu'une.

VÉCALIER : Laquelle ?

ALAN : Je suis conscient de l'énormité de ce que j'avance, mais j'en suis réduit à penser que la plante s'est déplacée d'elle-même.

MERCHANT : L'expérience a eu lieu chez vous ?

ALAN : C'est exact.

MERCHANT : Je suppose que vous ne vivez pas seul et que plusieurs personnes pouvaient avoir accès à...

ALAN : Deux personnes vivent chez moi en permanence : ma femme, mon fils âgé de quatre ans. Je peux ajouter une femme de ménage trois fois par semaine. Quelques visiteurs épisodiques dont je peux facilement dresser la liste. Elle est brève, nous recevons peu.

VÉCALIER : Pouvez-vous affirmer qu'aucune des trois personnes mentionnées n'a pu, pour une raison quelconque, faire disparaître le sujet traité ?

ALAN : Je le crois. Ma femme sait qu'à la fois par plaisir, et le plus souvent pour des raisons de travail, je procède à des expériences sur les différentes plantes qui se trouvent à mon domicile. Elle n'y a jamais touché, je ne vois d'ailleurs pas quel intérêt elle aurait à le faire.

VÉCALIER : Votre fils ?

ALAN : Il n'a jamais manifesté le moindre intérêt pour ces plantations. J'ajoute qu'elles sont hors de sa portée. Quant à la femme de ménage, elle sait qu'elle ne doit pas y toucher.

MERCHANT : Parmi les visiteurs que vous avez pu recevoir, certains étaient-ils au courant de vos travaux ?

ALAN : Aucun.

ANTOINE : À part moi.

ALAN : À part Antoine, bien entendu.

MERCHANT : Nous ne sommes pas réunis aujourd'hui pour parler de la disparition d'un arbuste, si surprenante soit-elle. Il y a autre chose.

ALAN : Il y a autre chose.

MERCHANT : J'aimerais savoir quoi.

Silence de neuf secondes.

MERCHANT (*bruit de feuillets*) : C'est copieux. Pouvez-vous en résumer les conclusions.

ALAN : J'ai retrouvé mon chat mort. J'ai fait pratiquer une autopsie qui a révélé que la mort était due à un étranglement. Des traces suffisantes permettent d'affirmer qu'il a eu lieu à l'aide d'une tige végétale.

VÉCALIER : Pouvez-vous être plus précis ?

ALAN : Un rosier. On trouve la marque de deux épines et l'analyse cytologique permet d'affirmer qu'il s'agit d'une tige de rosier vivace, comme si l'animal s'était enroulé la plante autour du cou. Je voudrais...

Silence.

MERCHANT : Continuez. Nous pouvons tout entendre, nous sommes même là pour ça.

ALAN : Il y a quatorze jours, durant la nuit, mon fils a failli être étranglé de la même façon. Je pense, sans pouvoir l'affirmer, qu'il s'agissait également de cette même tige.

VÉCALIER : Quel a été le rapport du médecin ? Je suppose que vous l'avez fait venir...

ALAN : L'enfant aurait utilisé une cordelette au cours d'une crise de somnambulisme.

MERCHANT : Vous y avez cru ?

ALAN : Non. J'ai essayé mais je n'y ai pas cru.

VÉCALIER : On ne vous entend plus, Antoine.

ANTOINE : Je... Alan me connaît, j'ai parfois tendance à délirer et...

MERCHANT : Délirez, nous sommes là pour cela.

ANTOINE : Une modification, même minime, introduite dans un organisme vivant modifie l'ensemble de cet organisme.

MERCHANT : Ce n'est pas du délire.

VÉCALIER : C'est même sur ce principe que repose toute la biochimie en général.

MERCHANT : Et Rexmond en particulier.

ANTOINE : Je veux dire qu'en donnant les moyens à une plante de s'évader de la source de son alimentation, nous avons pu introduire dans cette plante des éléments annexes que nous ne maîtrisons pas.

VÉCALIER : Lesquels ?

ALAN : Tant qu'à proférer des inepties, allons-y à fond : si nous supposons vrai tout ce qui vient d'être dit, on peut affirmer que la découverte d'Antoine libère le monde végétal de son appartenance physique à la terre mais, ce qu'il n'avait pas prévu, lui confère en revanche un comportement éminemment malfaisant.

Craquements de chaises.

MERCHANT : L'un de vous désire-t-il boire quelque chose ?

Dénégation générale. D'un commun accord, les protagonistes semblent s'accorder un break. Le débat repart brusquement avec Vécalier.

VÉCALIER : En d'autres termes, vous considérez que ce rosier libéré adopte un comportement cruel, comme si, brutalement, un désir de meurtre courait dans chacune de ses fibres.

ANTOINE : Ce serait de l'anthropomorphisme. Il faudrait supposer que cette plante sait qu'en serrant le cou d'un vivant, on entraîne sa mort, ce n'était sans doute pas son but.

MERCHANT : J'ai entendu, et en particulier dans ce lieu, beaucoup de conneries, mais alors là...

ALAN : Puisque tu as commencé, termine... vas-y, Antoine, au point où nous en sommes...

ANTOINE : Tout tient en un mot. On pourrait penser qu'il s'agit de la naissance d'une forme d'intelligence.

VÉCALIER : Chez le rosier traité ?

ANTOINE : Oui. Un effet secondaire. L'énergisant qu'il reçoit crée quelque chose qui améliore la connexion des cellules, et rien d'absurde ne nous...

MERCHANT : OK, OK. Vous êtes en train de nous dire qu'un rosier killer se balade actuellement dans la nature et s'attaque aux gosses et aux chats de préférence...

ALAN : Votre traduction du phénomène est réductrice, nous devrions en parler en termes plus objectifs.

VÉCALIER : En supposant que, dans les jours à venir, tout ce dont vous venez de nous parler ne s'explique pas d'une façon tout à fait différente de ce que vous avancez, j'aimerais que vous nous disiez les raisons de votre inquiétude.

ALAN : Elle est due au fait qu'il n'est jamais agréable de ne pas comprendre et de se trouver plongé dans un univers de science-fiction plutôt que dans celui qui est le nôtre habituellement. Je pense que...

ANTOINE : Il y a autre chose.

Il est à noter que c'est la première fois qu'Antoine intervient de manière aussi brutale. Il interrompt son supérieur et le silence qui suit est différent des précédents. C'est Vécalier qui le rompt.

VÉCALIER : Quoi ? Vous avez peur de quelque chose d'autre ?

ANTOINE : Une propagation.

VÉCALIER : Une quoi ?

ALAN : Ne faites pas semblant de ne pas comprendre. L'apparition d'une nouvelle catégorie d'unité végétale peut se répandre très vite.

MERCHANT : Offrir un bouquet de roses va devenir le meilleur moyen de vous débarrasser de votre femme, vous allez vous mettre à dos le syndicat des fleuristes.

VÉCALIER : Une dernière question, Alan. Pensez-vous que cette potion miracle qui, à vous entendre, a un impact sur un arbuste particulier, peut en avoir un semblable sur d'autres espèces ?

ALAN : Je pense qu'Antoine ne me contredira pas : la réponse est oui.

ANTOINE : En effet, tout organisme...

MERCHANT : Le vieux rêve de Shakespeare.

VÉCALIER : Pardon ?

MERCHANT : Vous ne vous rappelez pas ? C'est dans *Macbeth* : il ne mourra que si la forêt se met en marche. Si vous n'avez pas manqué votre coup, messieurs, vous venez de signer l'arrêt de mort de Macbeth.
Je propose que nous nous revoyons dans huit jours, et j'ajoute deux recommandations. La première est de garder sur cette réunion et sur ce qui a été dit un silence absolu. Sur la réunion et sur le reste. La deuxième est de vous demander, André, de choisir quatre hommes et de retrouver ce fameux rosier. Commencez par interroger les amis que vous avez reçus... mon propre frère ne peut pas venir manger chez moi sans me faucher quelque chose, ça va du briquet de bureau à la petite cuillère.
Je vous demanderai évidemment de cesser toute expérimentation comportant « Mère abusive ». Je vous remercie.

Brouhaha. Fin de la bande.

« Je savais qu'il se trouvait dans ce putain de peuplier. Juste au-dessus des branches basses, dans le tronc. Jusqu'ici, il n'était pas parvenu à sortir. Je n'étais pas sûre que cela durât. »

Émilienne Roux, *Satan*,
roman d'anticipation.

Alan

DIMANCHE soir.

Avant sa rencontre avec Hélène, c'était l'heure cafard. Le jour tombait, c'était l'instant où quelque chose d'imprécis et de lourd basculait et noyait la ville. Cela devait venir de l'école : c'en était fini de cette pseudo-trêve hebdomadaire, il y avait comme une mort qui planait... demain viendraient les terreurs, la classe, la récitation des leçons. Il y pensait parfois dans l'amphithéâtre où il officiait. Comment pouvait-on avoir haï autant l'école, et se retrouver prof ? Il n'avait pas été un mauvais élève, simplement un enfant craintif détestant cette compétition institutionnalisée, ces cavalcades brutales sous le préau, la cour comme lieu de haute violence : alors, il essayait d'entrer en lutte contre la coulée du temps. Il fallait retenir, freiner la fuite de ces heures vespérales : empêcher le lundi d'arriver... Pourquoi y pensait-il tant d'années plus tard ?

Mais tout avait changé, le genre de gosse qu'il avait été ne devait plus exister. Il suffisait de voir son fils : Max-Max faisait feu des quatre fers dans les couloirs de la maternelle, il s'y rendait gaillardement, en revenait couvert de peinture, les doigts englués dans des pâtes colorées. Lui avait le souvenir gris de blouses ferreuses, de porte-plumes se vidant d'une encre envahissante et violette... bras croisés, il écoutait la voix lancinante d'une maîtresse vissée à son bureau : pourquoi pensait-il à cela ce soir ? Près de lui sur le canapé, Hélène fixait le jardin dans lequel l'ombre se répandait...

Les hommes de Merchant venaient de repartir. Alan les connaissait vaguement : des employés de Rexmond affectés à la sécurité. L'un s'occupait du parking, les autres vérifiaient les badges, surveillaient la nuit le central, vingt-quatre écrans vidéo.

Quatre jours qu'ils étaient là.

Que leur avait dit le patron ? Alan en avait interrogé un : leur mission consistait à retrouver le rosier, à l'intérieur ou à l'extérieur de la maison. Il était soumis à un nouveau produit et il avait été égaré : c'était l'explication donnée, elle valait ce qu'elle valait, mais elle était suffisante. Ils avaient été d'ailleurs d'une discrétion parfaite, ce qui ne les avait pas empêchés de passer les pièces et le jardin au peigne fin, suivis par Max-Max qui avait tenu à leur prêter main-forte.

À six heures, ils avaient pris congé, n'ayant rien retrouvé. Il n'en avait rien dit à Hélène mais il savait que deux d'entre eux allaient passer la nuit à moins de cinquante mètres du portail, dans une Espace banalisée, l'autre équipe les relayant à l'aube.

Une histoire de fous !

Qu'espéraient-ils ?

Il en avait parlé avec Antoine. Les pulvérisations ayant cessé, on pouvait penser que l'énergie faiblirait, qu'on découvrirait la plante mourante ou morte au pied des murs qui fermaient la propriété. Antoine, pour des raisons qu'il ne comprenait pas, n'en était pas persuadé... tout pouvait arriver comme si, une fois lancée, la machine ne s'arrêtait plus, il avait même évoqué un phénomène possible d'accentuation dû à un processus d'autostimulation, un emballement des cellules, une sorte d'ivresse due à la découverte de possibilités nouvelles. S'il fallait absolument une comparaison, qu'on imagine un enfant prenant conscience de sa capacité de marcher et qui s'élance, impétueusement, heureux de profiter d'une verticalité ignorée quelques heures plus tôt...

— À quoi penses-tu ?

Alan se secoua.

Hélène s'était lovée contre lui sur le canapé.

Là-bas, dans l'autre partie du salon, Max-Max s'endormait doucement devant l'écran télé.

— Rien de spécial... l'heure triste de ce jour finissant, un souvenir d'écolier.

Il lui expliqua l'angoisse qui s'insinuait autrefois dans son âme d'enfant, le monde quittait ses habits de fête, ses habits du dimanche, demain la vie reprendrait sans douceur... les heures ne feraient pas de cadeau : il se souvenait encore du nom de l'institutrice, Mlle Deleure. Son visage lui revenait dans la lueur imprécise qui avait envahi le jardin. Un visage sans arêtes, voilé d'une absence de grâce : c'était peut-être à cette dernière qu'il devait d'avoir recueilli tout le jus du routinier désespoir. Que pouvait-il y avoir dans l'existence de Mlle Deleure, à part des cahiers de devoirs et des leçons ? La tristesse distillée par les maîtres d'école tissaient les désirs des élèves rêveurs et impressionnables.

— J'en devenais cafardeux pour elle, poursuivit Alan. À force de lui imaginer une vie de solitude et de repli, j'en perdais le goût de vivre. La personne qui aurait dû m'insuffler le courage nécessaire pour affronter le monde du futur rentrait s'engoncer chaque soir dans son pavillon lugubre de la rue des Camélias. Il m'arrivait de passer devant, je n'y ai jamais vu une lampe allumée. Je la voyais seule à sa table, les yeux fixés sur la rue déserte, buvant d'amères camomilles.

— Continue encore comme ça, dit Hélène, encore dix minutes, et j'ouvre le gaz.

— C'est normal pour un enfant de se demander qui peut bien être la personne qui l'instruit. Moi je savais que nous apprendre les fractions et les participes passé ne la rendait pas heureuse, qu'elle trimballait une malédiction, une absence d'aptitude à vivre, et cela me sapait le moral.

— Tu veux dire que l'Éducation nationale ne devrait employer que des joyeux drilles ?

— Je crains que ce ne soit pas un critère de choix, et c'est dommage.

Il se sentait mieux à présent, le spleen avait fui. Hélène, tout contre lui, était plus proche qu'elle ne l'avait été depuis quelques jours.

— S'il n'y avait pas Max-Max, dit-elle, profitant de la pénombre, je te baiserais avec joie.

— La cuisine, dis-je, on se fait un coup éclair.

Alan sentit la langue de sa femme contre son oreille.

— Foudre et tonnerre, dit-elle, c'est parti.

Ils se levèrent ensemble et traversèrent la pièce.

— Vous allez où ? demanda Max-Max.

— Foutu, murmura Hélène. L'enfant est la première cause de frustration du couple moderne.

— On va se faire des tartines, dit Alan.

— Moi aussi, dit Max-Max.

Il s'était levé et il venait déjà vers eux. Il grandit, pensa Alan. C'est con mais il grandit.

Le gamin avait eu une semaine difficile, il avait cherché longtemps Olibrius. Hélène l'avait emmené trois fois au cinéma pour lui changer les idées, il avait largement dépassé le quota de rondelles d'andouillette qui lui était imparti, mais rien n'y avait fait... Comment était-il possible que ce foutu chat ait pu s'enfuir, avec tout cet amour, toute cette chaleur et ce bonheur dans cette maison modèle ? Max-Max n'en démordait pas, y revenait sans cesse... Les questions ne s'espaçaient que depuis quelques jours, il ne demandait plus toutes les quinze secondes qu'on téléphonât à la police pour retrouver le fugueur.

Alan éclaira et la violence de la lumière les surprit tous les trois. Leurs paupières battirent.

— La question est posée, dit Alan. Des tartines, soit, mais des tartines de quoi ?

— Andouillette ? proposa Max-Max.

Ce faible pour les charcuteries très odorantes ne datait pas d'hier. Il était passé directement du biberon au saucisson à l'ail, avant de découvrir l'andouillette qui, dès le premier jour, avait indubitablement représenté pour lui le zénith dans la gamme des délices.

— Je propose du cake, dit Hélène. Plus classique mais raffiné.

Max-Max eut une grimace.

— C'est sucré, objecta-t-il.

— Il est six heures, dit Hélène.

— Je ne vois pas le rapport, dit Alan.

— Moi non plus.

Hélène soupira, regarda père et fils.

— Bel exemple d'alliance machiste, dit-elle, j'ai honte pour vous.

Ils firent un compromis et Max-Max ingurgita deux rondelles d'andouillette sur une tranche de cake aux fruits confits. Alan se prit un yaourt qu'il acheva assis sur le coin de la table. Il n'arrivait pas à se débarrasser d'un début d'érection qui durait depuis leur arrivée dans la pièce. Il comprit qu'Hélène, placée près de la fenêtre, s'en était aperçue, et il lui fit un signe d'impuissance navrée.

— Je crois qu'il va y avoir un dessin animé, dit-elle.

— J'aime pas, dit Max-Max.

Imperturbable, il enroula ses jambes autour d'un pied de la chaise et donna l'impression de devoir s'y cramponner jusqu'à la nuit des temps.

Alan pensa que l'on pouvait être un spécialiste des mutations artificielles de Stadler et des changements chromosomiques d'Ehrenbourg, et être incapable de trouver une astuce pour déplacer un gosse de treize kilos et de moins d'un mètre.

— Et si tu rangeais ta chambre ?

Dans la série « en désespoir de cause, je tente l'impossible », on ne pouvait faire mieux.

— O.K. dit Max-Max.

Aussi stupéfaits l'un que l'autre, ils regardèrent leur fils sortir pour gagner le premier étage.

— Il faut que ce soit vraiment le bordel dans sa pièce, gémit Hélène.

Léger.

Il a toujours éprouvé un immense sentiment de culpabilité à l'encontre de cette légèreté qui a été la sienne dans les circonstances les plus difficiles. Mais il en a peu connu, ou disons qu'il les a rangées dans une catégorie moins spectaculaire : l'inévitable, le regrettable, le désagréable, tiroirs qu'il n'aime pas ouvrir, mais dans lesquels il range les moments amers de sa vie.

Son éducation scientifique y a été pour quelque chose. La mort par exemple, même celle des êtres qui lui ont été chers, ne l'a pas fait plonger dans un abîme de chagrin. Lorsque sa mère est morte, il n'a pas eu trop de peine à réfréner ses larmes, sa mort était dans l'ordre des choses. L'humain étant né mortel, il aurait été abusif de penser qu'elle durerait éternellement.

Il ressent aujourd'hui très fort cette particularité de son caractère : malgré tous les problèmes qui l'assaillent et l'intuition qu'il se trouve pris dans un engrenage pouvant changer la donne des lois de la vie, il n'a en cet instant qu'un but : baiser Hélène, le mieux possible, et retrouver cet entrain joyeux et symphonique qui, dans ce domaine, est leur image de marque. Au diable les roses et leur tentative de vagabondage, il est bon de se sentir mené par le bout de son sexe, et d'oublier le monde et ses complications.

« Tous les progrès réalisés par la connaissance occidentale depuis Platon ont tendu à découvrir qu'il existait une pensée en chaque chose. Après avoir nié que certaines catégories d'êtres humains puissent posséder une âme, après avoir démontré avec d'innombrables difficultés que l'animal pouvait être autre chose qu'une machine mue par des mécanismes internes, il semblerait que les plus hautes autorités de la science en arrivent au point où elles admettent, avec la prudence qui est l'un des signes inversés de la forfanterie, que végétaux et minéraux puissent participer, eux aussi, à la grande communication cosmique, ce que le plus arriéré de nos paysans, regardant pousser son blé entre les cailloux de la plaine du Gange, sait depuis la nuit des temps. »

Dekker Asterobindi, chargé de conférences
à l'Institut d'histoire brahmanique de Bénarès
dans *Le Chant des pierres.*

Hélène

FINALEMENT, on s'est fait piquer par Max-Max.

Grave ou pas grave ?

À en croire la plupart des spécialistes, un enfant découvrant ses parents en train de forniquer sombre dans les névroses les plus tenaces. De beaux jours se préparent.

J'étais en cet instant bien placée pour l'observer : il a poussé la porte, a pris un air vaguement dégoûté, dû sans doute à la vision des fesses de son père, pourtant encore relativement pommelées, et est reparti en soupirant – avec une infinie commisération. J'ai pensé l'admonester pour la rapidité exceptionnelle avec laquelle il avait rangé sa chambre, mais j'ai abandonné très vite cette idée, réalisant que je ne ferais qu'aggraver notre cas.

Alan en a été quitte pour s'installer à côté de son fils, et lui expliquer, de la façon la plus embarrassée qui fût, les raisons pour lesquelles il avait pu nous trouver, moi soupirant sur la toile cirée de la cuisine, lui ahanant avec enthousiasme, le jean sur les chevilles.

Un bel exercice d'accumulation de métaphores, d'images et de comparaisons auquel rien n'a manqué, de la petite graine déposée à la formule quasi inévitable du « c'est parce que papa et maman s'aiment beaucoup », introduisant l'idée qu'en fait il fallait leur pardonner d'offrir des spectacles ridicules, car ils étaient si lamentables que, pour s'aimer, ils ne savaient que se contorsionner comme des malades en émettant des couinements... Alan en était à l'évocation du don de soi comme preuve indubitable de la profondeur de l'amour réciproque lorsqu'il s'aperçut que son fils s'était endormi depuis belle lurette.

— Bon Dieu, Alan, tu pouvais pas lui dire que tout ça n'avait aucune importance, que ça nous arriverait de le refaire ?

— Pas sûr, dit Alan.

Il y a des moments où ce type peut être funèbre.

— Comment ça, pas sûr ?

— Je suis plus traumatisé que mon fils. Il m'a vu m'agiter, les fesses à l'air. J'aurai désormais en permanence son regard sur elles.

J'ai commencé à rire.

— Un regard d'enfant, a-t-il ajouté, pur, franc, direct, un regard pour contempler toute la beauté du monde. Et qu'est-ce que je lui offre ? Mon cul.

Alan a la psychanalyse en horreur, ce qui ne l'empêche pas d'être capable d'en discuter pendant des heures.

— Le tout, ai-je dit, c'est de faire en sorte que ce à quoi il vient d'assister soit pour lui un atout dans la vie.

Il a sursauté.

— Et tu vas t'y prendre comment ?

Je n'en avais évidemment aucune idée.

— On inventera.

— Il va en parler avec ses copains, gémit Alan, ça j'en suis sûr... hé, les mecs, vous savez ce qu'ils ont fait, mes vieux, hier soir ? Ils se tringlaient comme des malades, juste à l'endroit où je beurre mes tartines pour le petit déjeuner... Dorénavant, je ne vais plus le chercher à l'école, même la directrice sera au courant.

Alan est l'un des hommes qui me font le plus rire, c'est sans doute l'une des raisons pour lesquelles je l'ai épousé.

— Et si la directrice le sait, la ville entière sera au courant, la nouvelle se répandra comme une traînée de poudre... vous savez ce que font M. et Mme Falken le dimanche soir au lieu de regarder TF1 ? Ils expédient leur gosse dans sa chambre et ils s'envoient en l'air, entre le four à micro-ondes et la réserve de spaghettis... Ne t'étonne pas si nos vitres volent en éclats, et si tu prends des chevrotines en mettant le nez dehors.

C'est alors qu'il était en plein délire que le téléphone a sonné. C'était ma tante. Un coup de fil à cette heure-là, ce n'était pas très bon signe.

— Tata ? Qu'est-ce qui se passe ?

— Tu peux venir ?

— Maintenant ? Où es-tu ?

— C'est un peu compliqué.

— J'essaierai de comprendre.

Je connais ma tantine. Elle fait partie de cette catégorie que l'on peut intituler « Vieille dame charmante ». Mais il ne faut pas s'y fier, elle n'a jamais cessé de tromper son monde et a toujours réussi, avec une constante application, à se fourrer dans les situations les plus invraisemblables : elle a épousé son deuxième mari, revêtue d'un scaphandre, au fond de la piscine d'une villa de Bogota ayant appartenu à un trafiquant de drogue, et a disparu huit jours dans la jungle malaise avec un ancien coupeur de têtes recyclé dans le colifichet pour touristes. Après avoir fourré sa fille, ma cousine, sept ans dans un pensionnat suisse, je l'ai vue débarquer un jour en Thunderbird décapotable, au bras de son troisième mari, un des rares rois de la pâte alimentaire qui ne fût pas italien mais tchécoslovaque. Au bout de cinq bonnes minutes, je suis enfin parvenue à comprendre qu'elle se trouvait coincée au-dessus de l'armoire de sa chambre, au sommet de laquelle elle était parvenue à grimper, suite à la chute de l'escabeau qui lui avait permis d'y monter. Grâce au ciel, elle avait son portable sur elle, et si je pouvais venir la délivrer, ce serait gentil de ma part, car elle ne se voyait pas passer la nuit si près du plafond.

Quarante kilomètres. Quatre-vingts, aller-retour.

Je n'avais pas le choix. Alan a gémi qu'il finirait un jour par la tuer à petit feu.

— Tu laisserais ta tante toute une nuit perchée sur une armoire ?

— Oui.

L'enthousiasme de sa réponse m'a surprise. Alan, je le savais, avait eu avec ses parents des rapports conflictuels, ils avaient voulu faire de lui un pianiste de concert. Il était encore capable aujourd'hui de jouer *Au clair de la lune* avec un seul doigt, mais n'avait jamais vraiment dépassé ce stade.

— J'y vais, je la descends, je reviens. Personne sur les routes, dans une heure je suis de retour.

J'enfile une veste, des chaussures, et me voici dehors. Je n'ai même pas rentré la voiture dans le garage, elle toussote un peu, sans doute l'humidité, mais elle démarre. Les phares illuminent les troènes. Cela me rappelle qu'il va falloir les faire tailler, mais c'est la croix et la bannière pour embaucher un jardinier.

Je pourrais emprunter une portion d'autoroute, et gagner ainsi quelques kilomètres, mais je n'aime pas pénétrer dans ces hauts lieux de la vitesse pure. Je prends la nationale. Trois villages à traverser, déserts à cette heure, mais on devine les vies derrière les volets. Au fond, je ne déteste pas être obligée de rouler dans la nuit. Une heure de solitude, encerclée par les ténèbres des champs. Impression d'être seule au monde, lancée à cent à l'heure à travers des espaces galactiques.

Personne, comme prévu. Routes désertes, des panneaux jaillissent de la nuit, y retournent, des pans de mur, c'est la région des grandes propriétés, résidences secondaires pour gens fortunés. On devine des parcs, des gentilhommières tapies sous des frondaisons centenaires... C'était un de mes trucs, ça, les vieux arbres. J'ai toujours aimé, du plus loin que je me souvienne, les troncs énormes aux écorces épaisses, je me souviens que... Il y a quelque chose collé au pare-brise.

Ça n'y était pas il y a dix secondes. Une ligne légèrement courbe, juste devant mes yeux.

Une herbe longue, échappée au remblai, que le vent de la vitesse a dû coller au verre.

Essuie-glace.

Je manœuvre le bouton.

Quatre battements. La tige est toujours là.

Je mets la commande sur vitesse rapide et balance du liquide lave-vitres.

Je lève le pied pour réduire la vitesse : devant moi, la route s'est brouillée, diluée dans l'eau étalée. Les deux balais ont un rythme frénétique. Stop.

C'est toujours là. On dirait une fissure.

Le verre se serait-il fendu ? Impossible, il aurait fallu un choc, or je n'ai rien entendu.

La route tourne sur la droite. Un virage assez peu relevé qui m'a quelquefois surprise, mais j'ai réduit la vitesse, et je le passe sans problème.

Ça bouge.

La ligne s'incurve et se déplace sur le coin gauche du pare-brise.

Vivant.

C'est vivant, j'en suis sûre à présent. Le mouvement ne peut être dû au vent ou à la vitesse. La chose a bougé d'elle-même.

Un serpent.

C'est à quoi cela ressemble le plus, il a dû tomber des arbres sur le toit de la voiture, et s'est mis à glisser.

Pourquoi les essuie-glaces ne l'ont-ils pas chassé ?

Mes yeux s'écarquillent d'eux-mêmes.

Pour une raison simple.

Il est à l'intérieur.

Un connard m'éblouit à l'arrière. Je suis à vingt à l'heure, à présent. Double, imbécile, double.

J'ai peur des serpents. Comme tout le monde. Non, plus que tout le monde.

Je vais m'arrêter et descendre, si cette chose glisse le long du tableau de bord, coule sur le volant et se colle à ma main, je deviens folle.

Je freine. Point mort.

Voiture arrêtée sur le bas-côté.

C'est la rase campagne. La maison de Tantine est à moins de quinze kilomètres. Silence. Je coupe les phares.

Je vais sortir. Depuis que les lumières sont éteintes, je distingue mieux. On dirait qu'il y a une tête. Une tête disproportionnée au reste du corps. Jamais été foutue de faire la différence entre une couleuvre et une vipère. Mais là, c'est autre chose.

Ma main gauche quitte le volant, descend, il faut que j'ouvre la portière sans trop bouger, que je sorte, referme, téléphone à Alan qu'il vienne me chercher, et voilà. Il suffit que je ne panique pas, et c'est tout. Pourquoi est-ce que je m'imagine que cette bête m'en veut ? Pourquoi est-ce que je glisse le plus silencieusement possible de mon siège ?

Coup de fouet.

Mon propre hurlement m'a tétanisée.

Comme une cravache en plein visage. C'est enroulé autour de mon cou, à présent. La tête de l'animal remonte vers mon visage. Je l'arrache, ça se déroule brusquement, de la peau a dû venir avec car je sens que du sang coule. Le reptile a des griffes, il s'accroche. Je hurle sans arrêt. Il s'est raidi, ma main tâtonne vers la portière, l'ouvre de toutes mes forces, je jette le serpent sur la route, referme. Recontact, j'enfonce l'accélérateur. Les roues dérapent, je redresse, la stridence des cylindres est insupportable. Je fonce dans la nuit.

Qu'est-ce que c'était ?

Qui peut dire ce que c'était ? Mon cou saigne. Comme Max-Max. C'est ce truc qui l'a attaqué, lui aussi. Je vais devenir folle. Calme-toi, Hélène, calme-toi. Ralentis, c'est fini, le cauchemar est fini, tu l'as balancé par la portière. Tu es seule dans ta voiture, tranquille. Tu vas comprendre, il y a une réponse à toutes les questions, tout va s'expliquer.

Je n'ai jamais été attaquée par un engin pareil mais ce n'est pas une raison pour baliser, je ne crois ni à l'enfer ni au ciel, donc il ne s'agit ni d'une créature démoniaque ni d'un extraterrestre du style petit serpent vert. Pourquoi est-ce que j'ai dit « vert » ? Parce qu'on dit « petit homme vert » pour les Martiens. Non, il y a autre chose : lorsque je l'ai jeté, lorsque je l'ai tenu, une fraction de seconde, dans ma main, j'ai vu le reflet et il était vert.

Je vais arriver avec un tee-shirt en sang. Ma tante va avoir une syncope si elle me voit comme ça, et une syncope sur une armoire, ce n'est pas très bon à son âge. Il faut que je m'arrange un peu avant d'arriver...

Là commence une portion de longue route droite, l'asphalte file en ligne directe jusqu'à l'horizon.

J'ai basculé le pare-soleil pour jeter un œil au miroir qui se trouve derrière, et j'ai éclairé l'intérieur de l'habitacle. Pour mieux voir, je me suis penchée en bloquant le volant avec les coudes. Le sang coagulait déjà.

J'ai vu quelque chose bouger derrière ma nuque et j'ai senti tous mes poils se hérisser d'un coup.

C'est revenu. Je ne sais pas comment, mais c'est revenu... La chose est encore là... les deux roues droites dérapent sur l'herbe du bas-côté et la route pivote. Je pars. Dieu sait où.

« Il n'y a pas d'arme absolue pour la simple raison qu'il peut toujours exister une défense absolue. La seule possibilité de posséder militairement un avantage non temporairement rattrapable serait de maîtriser un système qui permettrait de renverser l'un des principes fondamentaux des lois terrestres. Je pense essentiellement à une transformation du champ gravitationnel ou à la fabrication d'un virus sélectif. Dans les deux cas, nous ne sortons pas de la recherche physico-chimique. C'est en ce sens qu'œuvrent nos groupes de recherche. »

Général Clark Berson,
chef d'état-major
des forces armées des États-Unis,
Rapport confidentiel.

Antoine

ELLE s'en est bien sortie.

Enfin, si l'on veut : deux fractures dont une ouverte au tibia, et un traumatisme crânien qui semble ne laisser aucune séquelle.

Je suis évidemment allé la voir à la Salpêtrière où elle a été transportée moins de deux heures après l'accident.

La voiture est morte.

Une idée m'est venue, mais je m'en méfie de celle-là, bon Dieu ce que je m'en méfie.

Hélène est le témoin le plus fiable de nous tous. Quand je dis « nous tous », nous sommes trois : Alan, elle et moi.

Une chose ressort de son récit : l'acharnement malfaisant. Il y a les faits, d'abord, mais je crois encore plus à sa réaction de femme : la sensation d'avoir eu affaire à un être méchant, à quelque chose de sans pitié doté d'une furieuse envie de détruire. On peut ajouter au tableau une force, une rapidité, une agilité incroyables... lorsqu'elle fait le récit de cette attaque, ses mains se mettent encore à trembler. Pourtant cette femme n'est pas une femmelette, il est aisé de s'en rendre compte.

J'ai réfléchi à ça.

Une intelligence est née avec « Mère abusive », de cela on peut d'ores et déjà être certain. Un élément nouveau se greffe là-dessus qui me paraît essentiel : cette intelligence est maléfique.

Résumons. Les oiseaux tués, la tentative sur l'enfant, le meurtre du chat, et à présent Hélène. Le mal est dans la nature de cette préparation. En d'autres termes, le mal, ou ce qu'il est convenu de nommer ainsi, est dans les composants et leur interaction. Voilà du nouveau, chers philosophes : le mal n'est qu'une équation chimique réalisée. Appliquons les mathématiques à la chimie, et nous ferons apparaître le visage réel du diable.

Il faut que j'en parle à Alan, bien que l'expérimentation m'apparaisse impossible, mais je suis certain qu'il existe un rapport étroit entre ce que j'ai découvert et les sécrétions biologiques exceptionnelles du corps humain, lors de pulsions de meurtre ou de colères intenses. Je dois travailler là-dessus et, si cette thèse se révèle exacte, cela voudra dire que nous avons ouvert les portes de l'enfer.

Retrouver le rosier. Avant toute chose. Mais comment ? Au lendemain de l'accident, Alan et moi sommes allés voir ce qui restait de la voiture, elle reposait déjà dans une casse, à l'entrée d'un village, non loin de l'endroit où avait eu lieu l'accident. Alan a pâli en l'apercevant. Il y avait de quoi : le toit était enfoncé et le siège, à moitié arraché, avait été projeté vers l'arrière, à se demander comment les pompiers avaient pu sortir Hélène de là. On voyait les traces de la réponse sur la carrosserie : au chalumeau. Une partie de bas de la caisse avait été découpée.

Nous avons vérifié l'intérieur, jusqu'à ouvrir la boîte à gants. Pas de trace du rosier.

Longue conversation hier chez Alan qui s'est prolongée tard dans la nuit, j'ai finalement dormi dans le salon, il m'a semblé que le jour se levait lorsque j'ai fini par sombrer. Trop d'alcool et trop de paroles.

De nos positions respectives sur le problème, celle d'Alan est de loin la plus affirmée et la plus solide. On peut la résumer en quelques mots : quels sont les aspects positifs découlant de cette possibilité de rendre le monde végétal indépendant du sol ? Évident qu'ils sont innombrables : les zones désertiques, qu'elles soient tropicales ou glaciaires, voient leur handicap disparaître. Alan l'a exprimé par cette formule : des bananes au Groenland, des sapins au Sahara – mais cet avantage ne pèse pas lourd par rapport aux probables inconvénients. Une transformation fondamentale du cycle biologique, une révolution jamais imaginée du cycle vital de base pourraient avoir, auraient sûrement des conséquences négatives incalculables. Dès les premières années de la scolarité, on apprenait que, de tous les facteurs géographiques actifs, le plus virulent était l'intervention humaine. Il est évident qu'avec « Mère abusive », l'homme transformerait la donne. Ces perspectives nous donnent le vertige et, pour ne pas y céder, nous avons forcé l'un et l'autre sur le cognac... Il était rassurant pour chacun d'entre nous de sombrer dans l'idée que tout ce que nous disions n'était, après tout, que le bavardage de deux ivrognes en train de se torcher à l'alcool fort, cela éloignait les dangers.

J'ai fait part à Alan de mon hypothèse concernant l'apparition de cette intelligence maléfique, et notre désaccord sur ce point est total. Il s'est appuyé sur une théorie développée par Karl Kraften et d'autres psychochimistes consistant à dire, et là je résume de façon caricaturale, que le surgissement chez un être vivant d'une possibilité nouvelle crée immanquablement chez celui-ci une sensation de danger, à laquelle il peut être amené à répondre de manière agressive.

L'exemple le plus connu à l'appui de cette thèse est l'apprentissage du vol chez certaines espèces d'oiseaux de mer, en particulier les fous de Bassan. On constate chez le jeune prenant ses premiers envols non seulement une panique bien compréhensible devant cette potentialité qu'il lui faut actualiser, mais, les observations des spécialistes le démontrent, une violence, voire une férocité des rapports avec les membres de la famille et de la communauté. On assiste même au déchaînement de conduites destructrices entraînant parfois le meurtre des frères, certains se livrent à un véritable carnage des occupants du nid commun. Ces conduites cessent dès que l'apprentissage du vol est acquis.

Pour Alan, la solution était là : la plante traitée avait la conscience épouvantée par son nouveau pouvoir, celui du déplacement, et elle réagissait en fonction du principe de Karl Kraften qui avait érigé ses observations en loi explicative de l'agressivité, considérée comme une réponse exagérée à un stimulus nouveau dont la réalité se trouvait dans le sujet lui-même. En d'autres termes, l'individu agressif n'est agressif que parce que quelque chose en lui le dépasse, donc le terrorise : une sorte de vertige devant son propre pouvoir.

Nous avons agité, ce soir-là, bien des idées, mais il était évident que nous les avions amoncelées pour ne pas avoir à répondre à une question contre laquelle nous devrons nous heurter tôt ou tard : comment nous y prendre pour retrouver le rosier ? C'est d'ailleurs vers les deux heures du matin que, fatigués de prononcer sans cesse le mot « rosier », Alan proposa de l'appeler Bob pour faciliter la discussion. Pourquoi « Bob » ? Alan n'a pas su apporter de réponse, la plus satisfaisante étant que c'était un nom simple et rapide, facilement mémorisable et suffisamment familier pour penser que nous avions affaire à un être d'une essence qui n'avait aucune attache avec les puissances infernales ou l'inconnu galactique. Un Bob ne peut pas sortir d'une soucoupe volante ni naître dans le chaudron d'une sorcière.

Nous avions, dès le début de notre discussion, écarté la possibilité que Bob, privé de pulvérisations, pût s'affaiblir et mourir. C'était évidemment ce qu'aurait souhaité Alan, bien que, je m'en suis aperçu à quelques remarques lui ayant échappé, il eût aimé que l'expérience continuât. C'est le syndrome d'Oppenheimer : nous avons soulevé le couvercle de l'horreur, refermons-le mais jouissons du frisson que nous procure la sensation de l'épouvantable déchaînement dont nous sommes la cause directe.

Les raisons pour lesquelles Bob peut continuer à survivre sont précises, bien que difficiles à expliquer. Il s'agit en fait d'un phénomène d'autogenèse dû aux thylakoïdes et à leur rapport avec un stroma non structuré jouant le rôle de gardien d'affects. Le sérum que j'ai inoculé à la plante est véhiculé par un translocateur de triose phosphate, et fixé dans une sorte de mémoire un peu semblable, s'il fallait donner un équivalent humain, à la table d'enregistrement d'un nombre élevé d'informations stockées dans un système ressemblant plus ou moins à celui d'une carte à puce. S'ajoute à cela que, grâce à l'énergie standard libérée par l'hydrolyse et au potentiel électrochimique du système membranaire, l'ensemble des centres réactionnels est capable de renouveler, de façon régulière et totalement identique, le produit assimilé. Bob peut donc fabriquer le sérum que j'ai inventé.

Nous avons aussi évidemment évoqué la possibilité d'une transmission d'un caractère acquis. Bob peut-il transmettre sa particularité ? On pourrait, à première vue, penser que oui et en concevoir une inquiétude légitime. Personnellement je ne le pense pas. Les nouvelles caractéristiques se trouvent strictement cloisonnées et en position d'autocatalyse. Toute plante est une usine mais, dans le cas qui nous préoccupe, la production de l'entreprise ne sort pas de ses propres murs : les camions de livraison existent mais restent à l'intérieur. Il n'y a pas d'exportation envisageable. L'envie d'expansion est limitée par le rayonnement de freinage, phénomène connu de tous les biochimistes.

Retrouver une aiguille dans une meule de foin ne représente aucune difficulté : avec ou sans aimant, une douzaine de techniques différentes permettent d'obtenir le résultat voulu. Retrouver Bob est une autre paire de manches. Je me rends compte aujourd'hui, trop tard, de mon imprudence, je n'ai pas utilisé de marqueur : une simple implantation électronique aurait suffi, le problème serait réglé et nous dormirions sur nos deux oreilles. Au lieu de cela, Bob l'étrangleur se balade en toute liberté dans la campagne française.

Nous nous sommes séparés sur une sorte d'accord implicite : notre seule chance serait que Bob se manifestât de lui-même. Comment ? Cela, personne ne peut le savoir. Il y a gros à parier que ce sera de façon brutale et inexpliquée. Attaque d'une fermière ou quelque chose de ce goût-là. Alan m'a expliqué que les fermières étaient de plus en plus rares, mais je ne suis pas rassuré pour autant.

Mardi matin.

J'ai acheté des journaux, ce qui ne m'arrive jamais, et j'ai épluché les faits divers. Rien de spectaculaire. Un assassinat sordide près d'Auxerre, mais la cause n'a rien à voir avec Bob : un retraité, après avoir fabriqué en douce une similiguillotine dans sa cave, coupe la tête de sa compagne après l'avoir endormie. Bob n'aurait jamais fait une chose pareille. Bien trop délicat. Des voitures brûlées dans la banlieue de Sens. Pas son style non plus. Pour le reste, c'est le calme plat.

Mercredi. Convoqué au Q.G. de Rexmond. Sans Alan ni Vécalier.

Merchant, moi et deux types qu'il m'a présentés comme étant deux pontes du siège central de la boîte, à Houston. Affables, les Américains. J'ai été invité à être plus disert sur mes expériences que je ne l'avais été au cours de l'entretien enregistré, quelque temps auparavant. J'ai prétendu que tout était dans mon ordinateur et que je pouvais le mettre à leur disposition. C'était exact, pour l'essentiel. À un moment, un des Américains s'est levé et a esquissé un pas de danse, un truc très syncopé à la Fred Astaire. Bien sûr, la conversation s'est arrêtée, et il a expliqué :

— Mon kiné m'a assuré que la pratique des claquettes était excellente pour les lombaires.

— Nous en sommes heureux pour vous, Steven, a dit Merchant.

Celui qui était resté assis a opiné gravement, tout en gardant un sourire décalé. Le genre de type à venir vous apprendre avec bonne humeur que la totalité de votre famille vient de périr dans un incendie.

— Voyez-vous un rapport entre l'accident dont a été victime la femme de votre ami et la disparition de votre rosier ?

— Bob.

— Bob ?

— Nous avons décidé de l'appeler Bob.

— Va pour Bob. Je dois reposer ma question ?

Je n'ai pas encore mentionné le fait que nous avions décidé, Alan et moi, de garder le secret sur les circonstances de l'accident. Pourquoi avions-nous pris cette décision ? Je ne suis pas certain que nous ayons eu raison de le faire, mais cela nous avait, sur le moment, paru prudent. Nous éprouvions, l'un et l'autre, peut-être pour des raisons politiques et culturelles floues, de la méfiance envers cette boîte gigantesque, américaine bien sûr, dont le secteur de recherche pourrait aboutir à une mainmise absolue sur l'économie mondiale. Peut-être un réflexe de fils de baba cool mêlé aux analyses légèrement fumeuses d'un opposant à la mondialisation. Le puissant est le méchant, et il ne faut pas trop pactiser avec le diable... Nous avons donc convenu de ne pas parler en détail de l'accident de voiture. J'ai eu l'impression que, malgré notre silence, Rexmond avait une longueur d'avance.

— Je n'ai pas établi de rapport entre cet accident et la disparition de Bob.

Le danseur de claquettes a coupé :

— Nous si.

Steven s'est penché vers moi et son sourire s'est accentué.

— Je me suis rendu cet après-midi au chevet d'Hélène Falken.

J'ai avalé ma salive.

— Et alors ?

— J'ai commis l'erreur de me présenter avec un bouquet de roses, énorme et magnifique. La panique de la patiente n'aurait échappé à personne.

Il s'était présenté pour ce qu'il était, un représentant haut placé de la boîte qui employait son mari. C'était de bon ton que, par l'intermédiaire de l'un de ses membres, Rexmond vînt exprimer sa compassion à l'épouse d'un de ses directeurs de recherche.

Hélène n'avait rien dit de précis, mais ce type était un roublard, il avait repéré le pansement qui cerclait encore le cou de son interlocutrice, elle avait prétendu ne se souvenir de rien : il s'agissait sans doute d'une blessure due à l'éclatement du pare-brise. Ils avaient bavardé et Steven s'était retiré, opinion faite.

Je me suis défaussé en prétendant qu'Alan ne m'avait parlé de rien.

— Vous connaissez bien ce couple, ce sont des amis ?

Le souriant continuait à sourire en intervenant. Si ce type allait en enfer, il jouerait des zygomatiques au milieu des flammes.

— Ce sont en effet des amis.

— Vous n'avez pas été étonné de cet accident survenu en plein milieu d'une route droite et déserte ?

J'ai dû commencer à me trémousser un peu nerveusement sur mon siège, car Merchant est intervenu :

— Ce n'est pas un interrogatoire, mais un simple échange de vues.

— Je suis heureux de vous l'entendre dire, et s'il s'agit d'un échange, c'est à moi de poser une question : qu'allez-vous faire ?

Fred Astaire a fait claquer ses talons l'un contre l'autre.

— Reproduire votre expérience, en prenant cette fois toutes les précautions scientifiques.

J'ai hoché la tête.

— Je vous refile la formule et vous me dites merci ?

Merchant a souri.

— Le projet de ces messieurs est de vous emmener à Houston où vous dirigerez les travaux, vous aurez carte blanche, sans limitation de temps ni de budget. Vous espériez mieux ?

J'avais le souffle coupé. Un vrai rêve. C'en était fini des expériences dans l'aquarium d'un copain. Je savais que Rexmond pouvait travailler avec des unités de cinq cents personnes constituées à soixante pour cent de chercheurs confirmés, certains attirés à prix d'or et venant de toutes les universités du monde. Je pouvais me trouver à la tête de l'une de ces armées.

— Emportez vos disquettes et tous vos travaux, personne d'autre que vous n'y mettra le nez. À partir du moment où vous acceptez, c'est vous le boss.

J'ai regardé Merchant.

— Allez-y, dit-il, en cette saison le Texas est en fleurs.

Il était ravi que je parte, ça se sentait, il refilait le bébé à la maison mère, il devait en ressentir un vrai soulagement. Au poker, cela s'appelle se défausser.

— Et Alan ?

— Il continue à occuper le même poste. Je suppose qu'il sera désolé de perdre momentanément un de ses amis et collaborateurs, mais vous reviendrez. Bonne chance.

Nous nous sommes tous serré la main. J'étais un peu sonné, les choses allaient vite, plus vite même que je ne le pensais, car en regagnant mon bureau, j'ai trouvé le billet d'avion : je partais dans quatre jours.

Antoine regretta sa moto dès le premier jour.

S'il y avait quelque chose qu'il détestait dans la vie, c'était les grosses voitures, mais de ce point de vue l'Amérique avait bien changé. Sur les échangeurs qui convergeaient vers les unités d'activité, on ne voyait plus guère les monstres aux calandres chromées qui avaient participé à la légende américaine. On pouvait se demander si c'était dû à une lente maturation culturelle ou à une flambée chronique du prix du pétrole.

Dès son arrivée dans le building Rexmond, après quelques présentations rapides et peu protocolaires, Antoine fut conduit au parking réservé au personnel et on lui donna à choisir entre une Clio et une Renault Laguna. Le choix d'une marque française avait paru au responsable de son installation un acte de courtoisie évident.

Antoine contempla les deux voitures d'un œil torve et, rassemblant toute son énergie, annonça qu'il ne savait pas conduire.

Cela fit beaucoup rire les deux employés qui l'accompagnaient, tous deux jugeant la plaisanterie excellente. Lorsque Antoine arriva à les persuader qu'il ne se livrait à aucune facétie et qu'il ne savait réellement pas se servir d'une voiture, ils eurent pour lui une admiration évidente. Cela signifiait que le nouvel arrivant ne se déplaçait d'ordinaire qu'avec son chauffeur.

Antoine dut insister pour les détromper et, pendant une semaine, s'entraîna dans le parking désert à manier le volant d'une Ford automatique, de façon à se rendre autonome : son appartement, situé dans une résidence, était situé à trente-cinq kilomètres de son lieu de travail et on lui fit remarquer que, de ce point de vue, il était un privilégié. Les transports en commun étant rares et peu pratiques, il lui fallait donc se lancer et Antoine devint un conducteur comme les autres.

Il avait calculé que l'équipe à constituer et le planning qu'il devait établir l'occuperaient en gros le premier trimestre. Cela voulait dire qu'il ne pourrait apporter à Rexmond ses premiers résultats tangibles que dans un peu plus d'une année.

La façon qu'avaient les Américains de travailler lui convenait. C'était un mélange subtil de bordel désorganisé, mêlé à des résultats tangibles. Ils avaient le coup pour ne jamais écraser une individualité, même excentrique, sous le poids d'un protocole rigide.

D'entrée, il avait dû choisir ses collaborateurs les plus proches, cela s'était fait sans tension, aucune pression de la part de ces hommes qu'il croisait à tout instant dans les bureaux, les couloirs, la cafétéria... Son anglais n'était pas parfait mais il parvenait à se faire comprendre avec une facilité qu'il n'aurait pas osé espérer.

Trois semaines après son arrivée, il retint la salle de réunion pour trois heures et s'y installa avec douze de ses nouveaux collaborateurs.

Lorsqu'il s'assit en bout de table dans le fauteuil de président de séance, face à la baie derrière laquelle s'élevaient les buildings, il eut l'impression de participer à un film qui aurait pu s'intituler *Les Maîtres du monde, À nous deux, Wall Street* ou *Les décideurs se lèvent à l'aube.* Il y avait devant lui neuf hommes et quatre femmes, et tous étaient possesseurs de cerveaux qui avaient déjà fait leurs preuves dans les différentes unités de recherche en biologie végétale.

C'est l'une des raisons pour lesquelles il ne chercha pas à tergiverser. Après quelques mots de bienvenue, il attaqua d'entrée :

— Avant de rentrer dans le détail des expériences que vous serez amenés à faire, je tiens à préciser qu'il se pose peut-être, avant tout, un problème déontologique. Ce n'est ni original ni propre à notre but, mais il est bon d'insister sur ce point : une utilisation de nos résultats par une organisation terroriste d'obédience quelconque, ou par des responsables militaires non contrôlés par un pouvoir civil, pourrait se révéler catastrophique pour l'humanité.

Il avait rédigé la veille le début de son intervention et l'avait fait relire par un interprète. Il était donc sûr d'avoir bien dit ce qu'il voulait dire.

Antoine quitta ses feuilles des yeux et regarda l'assistance.

Personne ne paraissait surpris. Une des filles, en tailleur noir et coiffure choucroute, prenait des notes sur un carnet orange. Manifestement, elle avait l'air de s'en foutre. Quant aux autres, ils attendaient la suite sans manifester le moindre étonnement. Ou bien le sens civique des chercheurs américains était voisin du degré zéro, ou bien le monde dans lequel ils vivaient était tellement corseté par des mesures de sécurité que ce qu'il venait de dire était parfaitement inutile et barbant, car cent fois entendu... Ainsi, même les ingénieurs qui fabriquaient un nouvel autocuiseur devaient s'entourer d'un réseau de protection digne de la NASA, pour le cas où l'envie prendrait à Saddam Hussein d'y mijoter une bombe à hydrogène...

Antoine abandonna les quelques remarques préventives qu'il avait prévu de proférer et se lança dans le vif du sujet, il fit part de ses choix concernant la répartition de l'équipe directrice. Ses coéquipiers directs seraient Liam Battle et Soptrom. On allait entrer dans le domaine des choses sérieuses.

Dans la semaine qui suivit, Antoine travailla d'arrache-pied avec les maîtres d'œuvre chargés de construire les bâtiments qui lui étaient nécessaires.

À force de ne jamais voir les gens fumer, il eut envie de reprendre la pipe qu'il avait abandonnée dès l'obtention du baccalauréat. Soptrom, à qui il fit part de ce projet, lui assura qu'il ne trouverait pas un cendrier à moins de cinquante kilomètres de distance, et Antoine abandonna le projet.

Chaque soir, en rentrant dans l'appartement de trois cent cinquante mètres carrés qui lui avait été dévolu et dont il n'occupait qu'une pièce, il projetait d'écrire à Alan et Hélène ; mais la plupart du temps il tombait de sommeil et remettait toujours au lendemain. Il se couchait, remontait le réveil et s'endormait dans la seconde. À six heures le lendemain, la vie reprenait son cours.

Soptrom était de loin le plus sympathique.

L'ambiance était bonne mais trop survoltée au goût d'Antoine. Il y avait, tant durant les périodes de travail que durant les moments de détente, une intensité vitale qui l'avait d'abord laissé pantois, et qui, à présent, commençait à le fatiguer. Ces types avaient un rythme différent du sien. Il supposa que les filles devaient, au lit, être de véritables tourbillons, et il se débrouilla pour s'en tenir écarté, ne changeant donc en rien ses habitudes.

Un soir, Soptrom, le seul à avoir gardé quelque chose d'humain dans le tonus, lui proposa de l'emmener boire un verre dans un troquet de la périphérie où des retraités des grands orchestres country de l'après-Deuxième Guerre mondiale venaient gratter des guitares sèches, souffler dans des clarinettes ou des harmonicas.

Antoine accepta, apprécia musique et bourbon, et décida de rentrer alors que les aiguilles de sa montre indiquaient trois heures. Il sortit seul, Soptrom avait décidé de traîner un peu au bar en compagnie d'une copine jamaïcaine aux yeux glacés.

Antoine respira l'air frais de la nuit et retrouva sur le parking la Ford mise à sa disposition par Rexmond. Il n'était pas assez ivre pour ne pas s'étonner de la présence, sur le siège arrière, d'un passager. Il n'eut pas le temps de l'observer attentivement, il put simplement constater qu'il s'agissait d'un homme de race blanche d'une soixantaine d'années, vêtu plutôt élégamment d'un costume de coupe ancienne. L'homme était chauve et avait plaqué sa couronne de cheveux trop longs avec une sorte de gomina sur laquelle se reflétèrent un instant les lumières du bar vieux style. Antoine perçut en un éclair que l'individu tenait à la main un automatique chromé qui fit un bruit dérisoire, vaguement ridicule, lorsque son possesseur appuya sur la détente.

L'homme tira trois balles à intervalles réguliers dans la tête d'Antoine avec un soin scrupuleux. Il dévissa le silencieux, déroba le portefeuille sans même vérifier s'il contenait ou non de l'argent, et partit dans la vieille Chrysler vert pomme avec laquelle il était venu.

L'enquête fut confiée à un lieutenant de police tatillon et efficace qui lança son équipe sur l'affaire. Il eut assez vite le sentiment que le crime ne comportait aucun mystère : il avait vu des gens se faire tuer pour dix dollars et, quelques heures auparavant, la victime en avait retiré trois cents à un distributeur du centre-ville. Le tueur avait dû le voir, le suivre, l'attendre et le tuer pour le voler. L'enquêteur avait dans ses fichiers environ deux mille individus capables de ce genre d'acte en liberté dans la ville au moment où les faits s'étaient produits. Il fallait ajouter à cela les tueurs occasionnels n'ayant jamais eu maille à partir avec les autorités de l'État ou de la police fédérale.

Alan n'apprit la mort d'Antoine que le surlendemain, et ce fut, par une curieuse coïncidence, le jour même où Hélène, une jambe et un bras dans le plâtre, regagnait la maison.

Max-Max avait été parfait durant le mois d'absence de sa mère. Après avoir manifesté l'intention de repeindre le hall et le salon d'une couleur plus vive, il s'était rangé aux arguments de son père et cantonné à des tâches moins salissantes : passage de l'aspirateur, tentatives de repassage de tee-shirts, confection du Max-Max cake, spécialité culinaire dont il était à la fois l'inventeur, le fabricant et le consommateur unique : il s'agissait d'une brioche fourrée aux rollmops et anchois. En l'honneur du retour d'Hélène, Alan entraîna son fils chez le coiffeur. Le contrat était simple : Max-Max ne s'assiérait sur le fauteuil que si son père y passait avant lui, ce qui eut lieu. Lorsque tous deux sortirent, la nuque dégagée et les tempes rases, Alan eut l'impression d'offrir au monde le spectacle étonnant d'un couple formé d'un père quittant la prison et d'un fils la maison de correction pour très jeunes délinquants. Ce fut à partir de ce moment-là que Max-Max enfonça sa vieille casquette sur sa tête et ne la quitta plus, même pour dormir. Alan accepta cette attitude, il avait dû d'ailleurs se forcer pour ne pas faire de même. En préparant le repas d'accueil de leur épouse et mère, ils se jurèrent d'ailleurs de ne plus jamais se faire couper les cheveux. Ce fut un pacte solennel.

Un coup de fil avait prévenu que l'ambulance ramenant Hélène avait quitté l'hôpital cinq minutes auparavant. Alan et Max-Max se livrèrent à une dernière inspection des lieux et, après avoir constaté l'absence de toute poussière sur les tables, et de toute trace de cérumen dans le conduit des oreilles, ils s'installèrent côte à côte sur les marches du perron. Ils pourraient ainsi apercevoir la voiture dès son arrivée dans l'enfilade de la rue et se précipiter alors en hurlant, Max-Max avec un fanion vantant les mérites d'une chaîne de restauration rapide à grande diffusion internationale qu'il brandirait dans sa main droite en l'honneur du retour de sa mère.

Ce fut à cet instant que le téléphone sonna à l'intérieur de la maison et qu'Alan apprit la mort accidentelle d'Antoine. C'était Vécalier qui appelait et il ne s'étendit pas sur les détails : en peu de mots, le Français avait été la victime d'un crime crapuleux dans le parking d'un bar. Alan, sonné, allait demander des précisions lorsqu'il entendit, à l'extérieur, les cris de son fils saluant l'arrivée de l'ambulance. Il raccrocha et décida de garder la nouvelle pour lui afin de ne pas gâcher l'arrivée d'Hélène. Il lui dirait plus tard, cela ne servait à rien de l'alarmer.

Il accrocha un sourire à ses lèvres avec une difficulté qui l'étonna lui-même et lui fit prendre conscience de l'intensité des liens amicaux qui l'unissaient à son collaborateur. Lorsqu'il y eut réussi, il sortit de la maison, juste à temps pour accueillir Hélène, rayonnante dans son fauteuil roulant, Max-Max tourbillonnant autour d'elle, étendard déployé.

La suite fut à la hauteur de cet instant historique. Le petit garçon passa une partie de la soirée à peindre des soleils successifs et colorés sur le plâtre de sa mère et s'endormit, épuisé par tant d'émotions et par l'absorption, en catimini, de l'équivalent d'une demi-flûte de champagne.

Lorsque Alan eut couché son fils, il redescendit dans le salon.

— Je te trouve l'air lubrique, constata Hélène.

— Je le suis, dit Alan, en fait, je me pose la question depuis l'annonce de ton retour : est-il possible de baiser une femme qui dissimule une partie de son corps sublime sous une carapace de plâtre ?

— La réponse est oui, dit Hélène. Amène-toi.

Il fondit sur elle, exposa son impression d'attaquer le glacier de l'aiguille du Midi par la face nord, et ils parvinrent ensemble à un orgasme d'autant plus parfait qu'il avait été espéré longtemps.

Au cours de la nuit, Alan se réveilla. Le plâtre d'Hélène y était pour quelque chose : il reposait au milieu de son corps et lui écrasait les côtes. Alan l'écarta le plus doucement possible et, dans le noir de la chambre, le visage d'Antoine emplit l'espace. Il était presque arrivé à oublier la nouvelle de sa disparition durant les heures qui avaient suivi l'arrivée de son épouse. Que s'était-il passé ? Dès demain il se renseignerait auprès de Vécalier. De Merchant aussi. Il n'avait pas eu le temps de poser toutes les questions comme il l'aurait souhaité. Que s'était-il passé exactement à Houston ?

Alan comprit qu'il lui serait difficile de se rendormir. L'idée d'une cigarette solitaire et nocturne dans le salon l'effleura. S'il y ajoutait un soda dont il décapsulerait la boîte embuée tout juste sortie du réfrigérateur, il ne résisterait pas à la tentation. Il se leva, enfila la vieille veste difforme et tricotée qui lui servait de peignoir depuis ses dix-huit ans et prit la direction de la cuisine sur la pointe des pieds.

Le clair de lune était suffisamment argenté pour qu'il pût voir le Post-it sur la porte du frigidaire.

Il avait failli oublier.

Max-Max l'avait collé trois jours auparavant pour son père. Avec un crayon-feutre, le gosse avait dessiné une longue voiture à quatre fenêtres. À chacune d'elles, on distinguait des visages circulaires et joyeux.

Le voyage.

Max-Max partait le lendemain avec sa classe. Une journée au milieu des animaux. Des générations de gosses n'y avaient pas échappé, Alan se souvenait que lui-même y avait eu droit. C'était un peu avant les vacances. Il se souvenait des ours entrevus entre les arbres. Bizarre que ce qui lui restait près de quarante ans plus tard, c'étaient les animaux qui étaient demeurés les plus lointains... juste un éclair entre les feuilles dans le soleil, un reflet de pelage et ç'avait été fini. Peut-être ne se rappelait-on vraiment que ce qui vous avait échappé ? De quoi Max-Max se souviendrait-il plus tard ? En tout cas, la présence du Post-it sur le réfrigérateur n'était pas innocent. Il signifiait qu'il était question de sandwichs.

Alan se mit à les confectionner. Il éprouvait une certaine sérénité à se livrer en pleine nuit à cette besogne. Il en prépara trois à base de jambon et de rondelles d'andouillette et les enveloppa dans un film transparent. Il ne s'octroya la cigarette qu'après ce travail achevé. La fumée monta droit. Rien n'était plus calme que cette maison. Rien.

Peu de temps auparavant, Antoine avait passé la nuit ici, sur le canapé où il était assis en cet instant même. Ils avaient parlé durant des heures, bu également. Cette soirée avait cimenté leur amitié. Il y avait chez Antoine un aspect farfelu qui n'était qu'un masque derrière lequel il se retranchait... Le fait qu'ils aient un problème grave sur les bras lui avait permis de se livrer davantage. Que s'était-il passé à Houston ? On pouvait toujours imaginer un scénario de film catastrophe : la grosse boîte internationale dérobant les germes de l'invention de l'un de ses employés et le liquidant pour ne pas avoir à verser des royalties et ne plus rencontrer d'obstacles. C'était tout de même gros à avaler, Rexmond embauchant des tueurs. Il devait y avoir eu des cas bien pires, l'époque où les entreprises américaines utilisaient des hommes de main pour casser les grèves et impressionner les syndicats n'était pas si éloignée... Une vieille tradition *made in U.S.A.* : la batte de base-ball et le fusil à canon scié restaient les plus efficaces des arguments pour mater les velléités de rébellion.

Les choses avaient changé. Alan n'était pas un spécialiste de l'histoire des holdings internationaux, mais il savait que, depuis quelques années, l'appareil législatif protégeant les salariés s'était étoffé et que, depuis Nader et quelques autres, des mastodontes économiques qui auraient pu se payer une armée de tueurs à gages avaient dû plier le genou devant de dures décisions. Mais qu'est-ce que cela avait à voir avec Antoine ? Il était parti travailler avec eux librement, décidé, avait-il dit, à réaliser ses expériences en prenant toutes les précautions possibles afin que le phénomène Bob ne se reproduise plus. Il n'avait pas cherché autre chose que travailler honnêtement. C'était pousser le crime industriel un peu loin que d'imaginer les autorités de Rexmond prenant une décision pareille. Et pourquoi l'auraient-elles fait ?

Il fallait qu'il arrête de réfléchir à ce problème. La règle était simple : ne pas s'appesantir sur une énigme dont on ne possède pas toutes les données. Plus facile à dire qu'à faire. Malgré lui, sa pensée revenait vers Antoine. Le corps arriverait à Roissy dans deux jours. Les obsèques auraient lieu sans doute dans un village près de Clermont-Ferrand dont il était originaire. Alan irait. Mais avant, il aurait une conversation sérieuse avec ses supérieurs. Antoine avait-il confié la totalité de la formule aux autorités de Houston ? Il avait su décrypter un code présent dans les cellules de Bob, mais les résultats de l'équation avaient-ils été livrés dans leur intégralité ? Alan disposait de beaucoup d'éléments, mais la formule finale lui manquait. Elle devait remettre en question le fonctionnement des centres réactionnels permettant le transfert d'électrons et déterminant l'énergie dans son rendement. Celle qu'il connaissait :

$$R = [0{,}37 - (-42) \ / \ 1{,}77] \times 100 = 45\ \%$$

ne correspondait plus à la réalité. Sur quelle mathématique se fondait la vérité de toute vie ? Antoine était parvenu à atteindre ce résultat, mais où se trouvait-il ? L'avait-il écrit sur un coin de nappe, dans un de ces bouis-bouis qu'il fréquentait les soirs où il ne se faisait pas livrer une pizza, ou l'avait-il glissé au milieu d'un fatras de notes et conservé dans une de ses disquettes ? Dans ce cas, il l'aurait sans doute codé, et Alan se souvenait qu'Antoine était un roi du cryptage. Au cours d'une conversation, il avait prétendu qu'aucun système n'était inviolable et qu'il existait, même au Pentagone, des systèmes de protection qui n'auraient pas résisté à une attaque un peu sérieuse, menée par un amateur éclairé utilisant des machines de capacité moyenne. Quant à la préparation elle-même, celle qu'il avait pulvérisée sur Bob, Antoine l'avait récupérée lorsque la plante avait disparu. Qu'en avait-il fait ? Il était certain qu'il ne l'avait pas rapportée au laboratoire, tout produit pénétrant à l'intérieur du périmètre de recherche devait être obligatoirement signalé et identifié. L'avait-il rapportée chez lui ou s'en était-il débarrassé ? Cette dernière hypothèse était la plus probable : connaissant la formule, donc la possibilité d'obtenir la préparation, pourquoi l'aurait-il conservée ? Tout de même, il ne serait pas idiot d'effectuer une visite dans son appartement. Était-ce possible ? Comment cela se passait-il ? Pouvait-on entrer facilement dans le domicile de quelqu'un ayant été assassiné à plusieurs milliers de kilomètres de là ?

Alan s'arracha à ses pensées. Le jour allait se lever. Avant de regagner sa chambre, il fit un détour par son bureau et vérifia son agenda électronique : Bergaud habitait La Garenne. C'était la banlieue. Il se souvint qu'Antoine lui avait dit qu'il n'invitait jamais personne chez lui, c'était petit, laid, et le bordel y était tel qu'avant de pouvoir offrir un apéro à un collègue, il avait en perspective un minimum de huit jours de rangement, et c'était au-dessus de ses forces.

Il irait. Il irait dès demain. Ce ne serait pas un grand détour. Peut-être y aurait-il des scellés ? Le concierge lui permettrait peut-être d'entrer... il pouvait toujours essayer.

Il était encore assis à son bureau lorsque, derrière lui, il perçut un cliquetis léger.

Hélène se tenait debout, en appui sur ses deux cannes anglaises. Le halo de la lampe de cuivre atteignait à peine la jeune femme. Sur la blancheur du plâtre, les soleils bariolés qu'avait peints Max-Max resplendissaient de toutes leurs couleurs.

Alan fit pivoter son fauteuil et la prit sur ses genoux.

Elle avait son odeur du matin, un parfum de drap, une chaleur douce où stagnait un fond de lavande dont des sachets traînaient dans l'armoire.

Elle se blottit contre lui.

— J'en avais marre de l'hosto ; ils étaient tous sympas, mais alors...

Elle s'interrompit et Alan sentit sur ses joues ses larmes qui avaient commencé à couler : tout craquait d'un coup... Il avait jusqu'alors réussi à enfouir son chagrin, il l'avait étouffé, verrouillé au fin fond de son âme, mais à présent tout éclatait. Il semblait avoir tenté d'introduire dans un placard un cadavre trop grand pour y être contenu, les portes cédaient et, dans la pénombre de la pièce, Antoine était là soudain, avec sa tignasse, ses yeux pâles de myope et ses ongles rongés.

— Alan, qu'est-ce que tu as ?

Sa poitrine enfla et le sanglot passa le barrage de ses dents. Elle l'avait pris dans ses bras et il sentit l'amorce d'un bercement.

Existait-il chez les femmes un instinct, un atavisme, quelque chose en elles qui les faisait consolatrices de la peine des mâles ? Était-ce grâce à elles que mouraient les chagrins ? C'était une idée de savant, une remarque idiote qui n'avait que peu de sens... Il n'y avait en cet instant qu'un homme malheureux dont la femme qu'il aimait tentait d'atténuer le désespoir.

Il se secoua, écrasant les larmes d'un revers de main.

— Antoine est mort.

Elle ne parut pas réagir. Elle relâcha son étreinte, et ce fut lui qui se dégagea. Il se leva, lui laissant la totalité du fauteuil.

— Comment ?

— En sortant d'une boîte à Houston. On l'a tué pour lui piquer son fric, un crime crapuleux. Je n'ai pas eu beaucoup de précisions.

Hélène ferma les yeux. Il venait tous les vendredis : son whisky canadien, sa façon de torcher chaque plat avec enthousiasme, il expédiait Max-Max en l'air, à frôler le plafond, et puis ses discussions interminables, professionnelles, dont elle décrochait très vite. Mais elle aimait entendre les deux hommes, là, dans le fauteuil du salon, elle sentait leur entente, leur amitié.

« Bonsoir, Antoine », il l'embrassait deux fois sur chaque joue, à la provinciale. Alan lui avait dit qu'il n'avait pas de femme, qu'il s'en foutait. Elle avait rétorqué que c'était impossible, qu'il devait souffrir de sa solitude, qu'il s'en sortait par l'humour, mais qu'en fait il ne rêvait que de rencontrer la biologiste d'enfer qui partirait à la conquête de sa libido.

Alan avait hoché la tête : « Je te dis qu'Antoine s'en fout. Vous croyez toujours être le souci numéro un dans la tête des hommes, vous n'êtes pas le sien. »

Hélène s'était dit à ce moment-là que, d'une certaine façon, Alan admirait Antoine : il n'était préoccupé que par ses recherches, rien d'autre ne comptait, c'était à mettre sur la force de caractère autant que sur l'absence de libido.

— Pourquoi ne me l'as-tu pas dit plus tôt ?

— Je ne voulais pas gâcher ton retour.

Elle renversa la tête contre le dossier et s'étira. Alan eut l'impression qu'elle tentait de faire pénétrer dans chacune de ses cellules la paix chaleureuse qui régnait dans la pièce. Oublier.

Oublier la mort d'un ami. Elle y arriverait. On arrivait à tout. Et puis elle avait Max-Max, elle avait Alan. Elle se sentit endolorie et regarda son mari qui s'était approché de la fenêtre pour voir le soleil se lever.

Lorsqu'il ne se tenait pas droit, elle savait qu'il était préoccupé ou malheureux.

— Au fait, dit-elle, tu ne m'as jamais demandé combien de temps ma tata est restée sur l'armoire.

— Combien de temps ?

— Quatre jours.

Les yeux d'Alan s'arrondirent.

— Quatre jours !

— Un à zéro, dit Hélène. Un coup superbe.

C'était le vieux jeu : celui qui arrivait à stupéfier l'autre marquait un point, au bout de huit jours le perdant offrait le champagne.

— Bien joué, dit-il.

La vie allait reprendre. Depuis qu'elle était là, elle avait déjà repris.

« Le cas de Francis R. m'a paru suffisamment exceptionnel pour que je lui consacre une intervention spéciale lors des rencontres de psychanalyse de Vienne en janvier 2004. Doué d'une sensibilité reliée au monde végétal avec lequel il prétendait entretenir un rapport privilégié, il assurait entrer en relation avec les feuilles d'un acacia situé dans le jardin de sa maison natale. Un thème revenait chez lui de façon obsessionnelle et quasi incantatoire, celui d'une présence diffuse et menaçante entourant chaque feuille. "Un jour, une force s'en libérera et nous serons exterminés" était la conclusion de chaque séance.

» Francis R. possédait par ailleurs des pouvoirs médiumiques reconnus. »

D.P. Lord,
membre de la Société de psychanalyse
de Londres,
Extrait de son journal intime, année 2005.

Saïd

SAÏD Barck sait que la journée sera dure.

Cela allait mieux depuis quelque temps, son angoisse lorsque le vacarme battait son plein avait cessé de lui comprimer l'estomac. Il pouvait pénétrer dans la cantine ou la cour de récréation sans avoir l'impression de plonger dans un bain d'eau glacée. Deux ans déjà qu'on l'avait nommé dans ce collège. Une formation rapide, quelques conseils jetés du haut d'une estrade par le directeur, et il s'était retrouvé un beau matin de juin à rameuter une horde de collégiens peu pressés de rentrer en classe. Il leur fallait présenter des cartes d'inscription, pareil pour la cantine où ils devaient fournir des tickets : c'était un tourbillon infernal. Saïd était fluet, petit et n'avait jamais de sa vie mis les pieds dans une salle de gym. Il se trouvait parfois au milieu de costauds en survêtement qui le dépassaient d'une tête, son crâne vibrait, une veine battait à sa tempe, il la sentait, une pulsation violente, irrépressible. Il lui fallait empêcher ses mains de trembler, et c'était le plus difficile : si un seul d'entre eux s'en apercevait, ce serait effroyable, ils sauraient qu'il avait peur, et le monde deviendrait un enfer.

Et puis les choses s'étaient calmées, c'était toujours

dans la cour, dans les couloirs, les escaliers, les mêmes injures, les mêmes bousculades tournant aux défis, aux bagarres... peu à peu il s'en était détaché, cela l'amusait presque à certains moments, cette rage ridicule qui les prenait. Il avait compris que, pour sa sauvegarde, il ne fallait rien entendre, rien voir, ni les obscénités ni le reflet des lames de canif entre bouquins et cahiers. Mais ce matin, tout est différent.

Ceux-là sont minuscules. Ça ne les empêche pas de brailler mais rien de comparable avec les grands. Trois classes de maternelle, soixante morpions déchaînés crapahutant sur les sièges, dans l'allée du car. Les institutrices s'égosillent, Saïd soulève une blondinette qui bloque le passage et l'installe dans un siège d'où elle s'échappe instantanément, coulant comme l'eau d'une cascade.

— On ne partira que lorsque vous serez tous à votre place.

La voix de Mlle Morfond tonne. Saïd la connaît, c'est l'une des maîtresses, rigolote et bien roulée, elle règne sur les plus grands, la reine du papier découpé et de la pâte à modeler. Ses classes sont envahies de sculptures multicolores et de ribambelles de pantins en crépon. Elle est surtout identifiable au fait qu'elle a toujours trois ou quatre bambins accrochés aux jambes de son jean, on peut le vérifier encore ce matin. Ses trois collègues se sont lancées dans une entreprise périlleuse : tenter de faire l'appel. Deux d'entre elles sont déjà à la limite de l'épuisement, et il n'est que neuf heures du matin. À travers les vitres, sur le trottoir, Saïd voit le chauffeur qui grille placidement une gauloise en attendant que son chargement soit installé.

Morfond décolle deux loupiots de ses genoux et s'empare du micro :

— On ne part pas !

Sa voix tonne. Des bouches s'ouvrent. Certaines sont pleines de bonbons. Saïd sait que, dès le premier virage, il va y avoir des haut-le-cœur, mais Morfond a réussi : le silence est tombé d'un coup.

— On ne partira que lorsque tout le monde sera assis à sa place !

Max-Max s'est installé dans le fond, côté vitre. Il a entamé en douce le premier sandwich que son père lui a préparé.

— Ça pue, dit Tom.

Tom, c'est son copain depuis le début de l'année. Un Noir de charbon. Il est arrivé du Burkina-Faso avec armes et bagages. Manifestement, il ne supporte pas l'odeur de l'andouillette.

Max-Max hausse les épaules. Son regard file le long du trottoir. Une silhouette, lointaine encore, se rapproche : c'est Irina. Toujours en retard. Sa mère court à côté d'elle en la tenant par la main.

— Il en manque une !

Mlle Morfond soupire.

— La voilà, prévient Saïd.

Il franchit les travées, descend du car pour accueillir la petite fille.

Le chauffeur jette son mégot.

— On va pouvoir y aller, dit Saïd, le compte est bon.

Le chauffeur ne répond pas. Ce n'est pas le conducteur habituel. L'autre est spécialiste des transports d'enfants : gai luron, il sait parfois faire la grosse voix lorsque le taux de décibels a franchi le point de rupture. Celui-ci s'ébranle lentement, monte les deux marches et s'installe derrière le volant. Parvenue à la porte, Irina embrasse sa mère puis monte : elle est si petite qu'elle doit, pour y arriver, lever haut les genoux.

Max-Max la regarde. Il la connaît. C'est une emmerdeuse. Toujours à chercher à se tenir près de la mère Morfond, à accaparer les pinceaux, les jeux, à vouloir être la seule à arroser les fleurs. Une fayote.

Ce matin, elle continue, ça n'a pas loupé. Irina court vers la maîtresse.

— C'est très gentil, dit Mlle Morfond. Tu remercieras ta maman.

Elle se penche et prend le bouquet que lui tend l'enfant.

Six roses dans un papier journal.

« N'intervenons pas, n'intervenons jamais... Celui qui tentera de suppléer, pour quelque raison que ce soit, le processus vital, aura sa main guidée par d'infernales puissances. Elles se déploieront et envahiront à jamais le ciel et la terre des hommes pour en faire un enfer. »

Giacomo Bellani (Gênes 1483-1573 ?),
extrait de *De la contemplation à l'adoration.*

Mme Dumez

C'ÉTAIT la surprise. Qui aurait pu s'attendre à ça ? Trois pièces au septième étage de la tour principale, dont deux vides. Les placards encastrés sentaient encore la peinture. Lorsque Alan entrouvrit trois d'entre eux, il y eut un léger bruit de décollement : Antoine n'avait jamais dû les ouvrir, les battants adhéraient au chambranle. Seul celui qui se trouvait au-dessous de l'évier contenait deux verres et quatre assiettes, les verres étaient du genre de ceux que l'on obtient en nettoyant les pots de moutarde lorsqu'ils sont vides, sur l'un des personnages de dessin animé couraient les uns après les autres. Max-Max avait le même.

Alan ouvrit le tiroir de la table à revêtement de formica et vit deux fourchettes en inox et un couteau à pain à lame dentelée. C'était tout, avec l'escabeau aux quatre pieds chromés. Deux assiettes étaient renversées sur l'évier.

Antoine avait occupé uniquement la troisième pièce où un divan lui avait servi de lit. Des montagnes de bouquins et de revues grimpaient jusqu'au plafond.

Pas d'ordinateur. Il ne possédait qu'un portable et l'avait emporté avec lui.

— Ça fait drôle, hein ?

Alan sursauta. Il avait oublié la présence du gardien.

Le décider à monter et à ouvrir la porte n'avait pas été difficile : un billet de vingt euros avait suffi. Il raconta que deux hommes étaient déjà venus, deux flics de la préfecture. Ils ne s'étaient pas attardés, ils avaient surtout posé des questions sur la vie du locataire : des femmes venaient-elles ? recevait-il des visites ? lesquelles ? était-il souvent absent ? etc.

— Et qu'avez-vous répondu ?

— Que j'ai trois bâtiments à gérer et que je ne connais personne. De temps en temps un couple fait du barouf ou un type pète les plombs parce que, au-dessus de sa tête, des gosses sautent à pieds joints, ça peut se terminer en castagne, et c'est là qu'on m'appelle. À moi de juger si je dois faire venir un médecin, les flics, les pompiers ou les trois. D'ordinaire, ça se calme assez vite. C'est un coin sans trop d'histoires.

— Donc, concernant Antoine...

— Je ne l'ai pas vu dix fois en tout. On a discuté l'an dernier pour une question de vide-ordures bouché, alors vous pensez bien que c'est pas à moi qu'il faut demander s'il avait des maîtresses ou s'il rentrait tard.

Alan hocha la tête.

Des gerbes de crayons de couleur dans un pot. Des ramettes de papier encore dans leurs emballages. Il devait les avoir achetées avant la période informatique. Une lampe, un ancien modèle à pied réglable utilisé dans les banques américaines. Des billes dans un tiroir. Alan allait refermer lorsque, dans le mouvement, elles se mirent à rouler. Il put alors s'apercevoir qu'elles étaient toutes marquées d'une lettre. Il en sortit une et l'examina de plus près.

Une bille d'écolier. Enfin, plus exactement, une bille d'écolier d'autrefois. Il lui semblait en effet que ce jeu avait disparu : il se trompait peut-être mais cela faisait longtemps qu'il n'avait plus vu de gamins accroupis en train d'y jouer. Il se souvint d'avoir eu quelquefois, au cours de son enfance, les poches gonflées par ces boules en terre ou en verre. Celle qu'il tenait en cet instant au creux de sa paume portait la lettre C, C comme carbone. Pourquoi avoir fait toutes ces marques au crayon gras sur chacune d'elles ? Une symbolique pouvant lui permettre de visualiser les valences ? Une tentative pour fabriquer un boulier amélioré ? Ou l'invention d'une variante à un jeu de position semblable au solitaire ou à ces combinaisons dont raffolaient les Africains ?

Alan repoussa le premier tiroir et ouvrit le deuxième : deux magazines à caractère pornographique lui rappelèrent les habitudes sexuelles de l'occupant des lieux. Quant aux piles de journaux, elles se composaient presque uniquement de revues scientifiques, certaines réservées à des spécialistes et d'autres plus grand public que l'on pouvait se procurer dans n'importe quelle librairie ou kiosque. Il trouva une vieille paire de baskets dans le fond d'un placard et du linge sale dans un sac-poubelle. Antoine n'avait pas eu le temps de l'apporter à la laverie automatique.

— Vous avez tout vu ? On peut partir ?

Alan acquiesça à regret. Il n'ignorait pas qu'Antoine passait l'essentiel de son temps au laboratoire, que rien d'autre ne comptait pour lui, tout de même, il n'aurait jamais imaginé qu'il puisse vivre dans un tel décor, plus exactement dans une telle absence de décor. Rien n'était accroché au mur, pas une photo, rien qui, de près ou de loin, pouvait évoquer un souvenir d'enfance ou de voyage. Une cellule de moine devait donner une impression de plus grande intimité que ce vide.

— Ah, c'est vous, monsieur Carlier !

Alan se retourna.

Une femme se tenait dans l'entrebâillement de la porte, la soixantaine, la statue de la curiosité effarouchée...

Le gardien se tourna vers Alan.

— Mme Dumez habite juste en dessous. Monsieur est un ami du locataire, il a voulu visiter l'appartement.

Mme Dumez eut un pâle sourire.

— On m'a dit que ce monsieur était mort en Amérique.

Les nouvelles allaient vite. Cela n'avait rien d'étonnant, il y avait eu un écho dans les journaux et le décès avait été mentionné à la rubrique nécrologique : une initiative de Merchant. Cela faisait partie de l'image de Rexmond : hommage aux salariés.

J'ai continué à fouiller dans les tiroirs sous leur double regard. Il n'y avait rien, un paquet de Philip Morris vide et froissé, un taille-crayon. Je me suis demandé si c'était celui dont il s'était servi autrefois à l'école. Je me suis mis à feuilleter un des magazines, un mensuel de vulgarisation : je le connaissais, j'y avais écrit un article il y avait plusieurs années. Pourquoi gardait-il tout cela ?

La télé.

Cela me frappait soudain. Il n'y avait pas de télé. Ni télé ni radio. Je sais bien que l'on peut vivre sans, mais tout de même, les soirées devaient être longues. Tout seul dans soixante-dix mètres carrés aux trois quarts vide... Je n'ai pu m'empêcher d'exprimer ma surprise à voix haute.

— Je me demande à quoi il pouvait passer ses soirées...

Je m'étais adressé, je ne sais pourquoi, plutôt au gardien, à ma surprise ce fut la voisine qui répondit. Comment s'appelait-elle déjà ? Dumez, oui, c'est ça, Dumez.

— Moi, je le sais.

Nous nous sommes tournés vers elle avec ensemble. Je la voyais mieux à présent, elle avait quitté l'ombre du couloir et s'était avancée un peu à l'intérieur de la pièce.

— À quoi ?

Elle sembla hésiter à répondre. Je me demande encore aujourd'hui pourquoi. Sans doute parce qu'elle appartenait à cette génération à qui l'on avait inculqué le respect des morts : on n'en disait pas de mal, ce n'était pas bien, le passage de vie à trépas leur ayant octroyé le privilège de ne plus connaître la médisance.

Mme Dumez avala sa salive et finit par se décider. Elle avait tellement baissé la voix que je ne compris pas, et je dus la faire répéter. Elle parut assez irritée par cette demande, sans doute avait-elle espéré qu'en murmurant à peine elle parviendrait à ne pas réveiller sa conscience, à présent c'était foutu, elle brisait un principe moral mais il était trop tard pour qu'elle pût reculer.

— Il jouait aux billes.

Pourquoi ai-je senti tous mes poils se hérisser ? Pourquoi cette remarque toute bête, venant d'une vieille banlieusarde qui avait gardé son tablier à fleurs, m'a-t-elle procuré une telle peur ? Car elle était là soudain. Je l'ai sentie à l'accélération des battements de mon cœur, à l'assèchement soudain de ma gorge.

C'est le gardien qui a réagi le premier.

— Aux billes ! Vous êtes sûre ?

Elle opina. Une mèche grise glissait, échappant peu à peu à une barrette étroite ancienne, corne ou bakélite. Ma mère. Je me souvenais de lui en avoir vu une semblable.

— Alors ça, je suis bien placée pour le savoir. Des soirées entières, et quelquefois ça débordait sur la nuit, je les entendais rouler au-dessus de ma tête. Il devait se trouver ici, près de la porte, et il les faisait rouler sur toute la longueur de l'appartement, jusqu'à ce qu'elles heurtent le mur là-bas, sous la fenêtre. Jamais deux en même temps, toujours l'une après l'autre, régulièrement... J'en devenais folle. Un soir, ça a dépassé minuit, j'ai frappé au plafond, ça s'est arrêté tout de suite, mais ça a recommencé le lendemain.

— Vous lui en avez parlé ?

— Jamais.

Antoine. Antoine seul dans la nuit de cette HLM, expédiant, des heures durant, chaque bille à l'autre bout de la pièce, lentement, inexorablement. À quoi pouvait-il penser ? Pourquoi faisait-il cela ?

Y avait-il un mystère dissimulé dans ces lieux ? D'ordinaire, il naissait de l'entassement, du fatras... c'était derrière des cloisons secrètes donnant sur des escaliers ténébreux, eux-mêmes ouvrant sur des cryptes poussiéreuses que se résolvait le mystère, dont la clef était enfouie au cœur de ce bric-à-brac. Mais là, dans les hauteurs du 92, sous la lumière froide qui traversait les vitres sans rideaux pour éclater sur les murs nus, rien ne pouvait être caché. Tout était trop clair, livide, sans place réservée aux fantômes et aux secrets.

Il me fallait quitter les lieux, cela ne servait plus à rien, à présent.

Derrière moi, le gardien agitait ses clefs à l'intérieur de sa poche. Il fallait partir, je n'avais rien appris.

Si, pourtant : Antoine avait emporté la formule avec lui. Elle ne se trouvait ni au labo, ni chez lui...

Rexmond l'avait, là-bas, à Houston, en Amérique.

« Pourquoi les chênes ? Parce qu'ils sont la signature des dieux sur la peau de la terre, la matérialisation de l'éternité à l'échelle des hommes auxquels ils survivent. »

P. Dorien, grand-prêtre de l'Ordre druidique,
interview radiophonique,
« L'avenir des sectes ».

Saïd

SAÏD ferma les yeux et eut une vision édénique : chaque môme installé dans son siège et maintenu par un système de sangles l'empêchant de descendre. Pas un inventeur qui ait été capable de créer un tel progrès pour l'humanité en général, et les accompagnateurs en particulier... Qu'est-ce qu'ils foutaient ? Très forts pour accentuer la précision des fusils de chasse, mais pour interdire aux gosses de cavaler dans les travées des cars, oualou !

Ils étaient partout. Il n'en avait pas réinstallé un qu'un autre filochait, grimpait sur le siège d'un troisième, lequel défendait son territoire à coups de sac ou de gifle : pleurs, cris, glissades, chutes, rires, remontées, redescentes... Même Miss Morfond avait cessé de s'égosiller, comme soudain saisie par l'inanité de sa tâche : empêcher un fleuve de couler, retenir la mer au moment de la marée. Un bel exemple de démission subite qui cravacha la volonté de Saïd.

— Bon Dieu, à vos places ! hurla-t-il. Je vais me fâcher !

Ils s'en foutent, ils ont compris en un regard que Saïd ne se fâchera pas, il ne sait pas, il n'est pas fait pour ça, il en est incapable, ils l'ont pigé immédiatement... Des démons.

Saïd soupira et regagna son siège.

Le brouillard ne tombait pas, on sentait une lumière derrière, indécise, une sorte de soleil lointain. Le car roulait dans un univers translucide, une blancheur sale, pourquoi cela lui évoquait-il un monde d'hôpital, de linges mal lavés... Devant lui on pouvait discerner les feux de position des voitures.

Circulation ralentie. De plus en plus ralentie d'ailleurs, ils approchaient des bords de l'Oise et, sur les berges du fleuve, les écharpes de brume s'épaississaient.

— On va chanter, lança soudain Mlle Morfond, vous regagnez vos places et on va chanter.

Elle se secouait, malheureuse d'avoir subi ce passage à vide, elle avait démissionné quelques minutes, et cela ne pouvait pas durer. Elle se dressait sur la pointe des pieds, bras levés, prête à battre la mesure pour chasser la culpabilité qui la gênait, il fallait reprendre les rênes, pacifier, organiser à nouveau : le chant était idéal. Grand dispensateur d'harmonie, il permettait de créer une unité, de vaincre le désordre.

Saïd ferma les yeux pour quelques instants de paix. Il se demanda s'il ne serait pas mieux, en fin de compte, à traînasser avec quelques potes entre la cité des Trois-Miroirs et les périphériques, comme l'an passé. Un peu d'emmerdements mais pas mal de rigolade et, bilan établi, toutes ces années avaient été assez marrantes, stressantes mais marrantes. L'angoisse venait de l'avenir, son présent ne pourrait pas éternellement se résumer à ces balades entre bâtiments déserts et gare RER. Pourquoi pas, d'ailleurs ? Il aurait pu être une sorte de vagabond immobile, un badaud de banlieue, mains dans les poches, au lieu de cela il avait plongé dans l'emploi jeunes. Bien fait pour lui, il se retrouvait avec des tonnes de braillards, en pleine purée de pois, à rouler vers une après-midi éreintante, où il lui faudrait canaliser tous ces merdeux qui, entre deux envies de pisser, voudraient aller tirer la queue des lions et cavaler après des chimpanzés, et tout ça pour un salaire qui faisait rire son cousin Brahim.

Voilà, ils chantaient à présent. C'était horrible. On parlait toujours du son cristallin des voix d'enfants, de timbres purs, de vibrations quasi désincarnées, divines, musique d'anges, chœurs séraphiques, et là c'était grotesque. Ils avaient vraiment décidé de faire les cons ce matin, ils poussaient des cris, glapissaient, toute une ménagerie, du *cui-cui* pinsonnier au grognement du porc d'élevage.

Saïd ne résista pas à l'envie de rire, la mère Morfond allait se flinguer, c'était sûr. La cacophonie qu'elle avait fait naître sonnait le glas de ses rêves symphoniques.

Elle se tenait au centre de la travée, près de l'avant du véhicule, et ses bras étaient encore levés pour battre la mesure lorsqu'il se produisit un phénomène bizarre.

Le bouquet de roses tomba sur le sol et Saïd pensa que, posé sur le siège que Morfond venait de quitter, les vibrations l'avaient fait glisser sur le plancher.

Morfond ne se pencha pas pour le ramasser.

Stupéfait, Saïd vit la jeune femme s'incliner, dessiner une diagonale qui s'accentua. Trois gosses tombèrent l'un après l'autre, juste devant lui. Il comprit que le car versait.

Il eut la vision du véhicule tournoyant sur deux roues puis franchissant l'axe médian de la route.

Il se souleva à demi de son siège. Une poussée le propulsa sur la gauche et le plafond s'inversa. Des sacs tombèrent.

Le tonneau.

Le silence soudain, et le raclement du métal sur l'asphalte. Saïd comprit que, renversé sur le côté, le car continuait à glisser, roues dans le vide. Une toupie. Il chopa au vol un corps d'enfant suspendu dans les airs, et se recroquevilla.

Des vitres éclatèrent et, malgré l'épaisseur du voile qui enserrait la route, obstruant toute vision, la lueur des phares l'aveugla. Saïd sentit le souffle du mastodonte qui fonçait droit sur eux, les heurtant de plein fouet. Il vit l'étrave du poids lourd à quelques millimètres derrière la vitre au-dessus de lui, elle avait surgi du néant, ferraille née d'un vide blanc, apparue pour écraser toute chair en une œuvre de mort, infernale et invincible.

Saïd se roula en boule, un vieux réflexe des anciennes bagarres : devenir sphérique, ne pas donner prise. Le choc entre le car et le poids lourds explosa dans ses tympans, la carcasse du véhicule éclata comme une orange, la dernière vision qu'il eut fut celle du corps de Tom, soulevé par une main géante et invisible, montant dans les airs. Ce fut à cet instant qu'il s'évanouit, écrasant sous son poids les fleurs dont il inspira le parfum.

« Il serait bien naïf de croire que la science puisse progresser par la recherche pure et désintéressée. Comme tous les autres secteurs de l'activité humaine, elle est soumise à l'univers de la concurrence et du profit. Il en découle que les grandes inventions à venir au cours des quinze prochaines années verront le jour dans des laboratoires privés, essentiellement ceux se préoccupant des O.G.M., et dans les organismes militaires à gros budget. Soyons clair : pour les quinze prochaines années, la science sera américaine. »

Don Marson,
discours d'ouverture du Symposium
d'économie planétaire d'Oslo,
juillet 2003.

Le père Bergaud

POURQUOI s'était-il attendu à ce qu'il pleuve ? Une association qui allait pour lui de soi entre le cimetière et des averses... Des souvenirs de Toussaint, sans doute. En fait, le soleil brillait, il y avait un petit air guilleret dans les allées de gravier... Alan attendait près des grilles et il vit le cortège arriver dans un poudroiement de lumière. Il s'en voulait de ne pas ressentir d'émotion, le défunt était jeune, assassiné de façon crapuleuse, ils avaient été amis, ils avaient bu ensemble, discouru pendant de nombreuses soirées, il l'avait accueilli chez lui, ils avaient travaillé, jamais il ne l'avait considéré comme un subordonné, ce garçon était probablement à l'origine de l'une des plus grandes découvertes et inventions de tous les siècles : une transformation fondamentale apportée à l'une des catégories du vivant, un génie doublé d'un ami venait de disparaître et il ne ressentait rien... Peut-être le chagrin allait-il resurgir à l'improviste, pour l'instant c'était le vide, le vide blanc, sans limites, comme si une fonction avait disparu, comme s'il avait été insensibilisé.

Peu de monde suivait le cercueil, une dizaine de personnes. Alan se plaça derrière elles, il était le dernier.

Devant lui, les nuques oscillaient.

Trente kilomètres de Clermont et c'était la pleine campagne, un village avec son église, sa mairie, son cimetière. À lire les inscriptions des monuments, les familles des morts allaient par deux : Boulin-Levret, Cermin-Paumier...

Alan s'approcha des autres, en rang d'oignons à présent devant la tombe. Ils étaient parvenus devant la fosse et le cercueil descendait déjà. Les choses allaient vite, il n'y avait pas de service religieux, pas de discours, même pas la minute de recueillement devant la dernière demeure. Pourquoi se hâtaient-ils ainsi ?

C'était fini. Tous serraient la main d'un homme fragile, engoncé dans une veste canadienne à carreaux bariolés. Alan comprit que c'était le père. Antoine, bien que ne s'étendant jamais sur ses problèmes familiaux, lui avait parlé de lui à deux ou trois reprises, il le décrivait comme un vieil ours, cultivateur retraité, solitaire et lecteur de livres étranges et rarissimes, intégralement consacrés à l'étude des textes sacrés de l'Inde orientale.

La paume du vieux était sèche contre la sienne.

— Je suis Alan Falken, je travaillais avec votre fils.

Des yeux délavés de marin... ils n'exprimaient rien. Lorsqu'il parla, ses lèvres parurent décalées du reste du visage, il semblait que l'homme ne comprenait pas ce qu'il proférait.

— Je voudrais vous parler. Passez à la maison.

Alan eut la vision d'une cuisine de ferme où se retrouvaient, dans l'odeur du vin et du vieux marc, ceux qui avaient assisté à l'inhumation : la tradition... Difficile de porter en terre un cadavre sans vider quelques chopines, histoire de s'assurer que l'on peut encore profiter des fruits de la terre, sentir la chaleur couler au centre de soi, preuve irréfutable d'existence plénière, la mort on y penserait plus tard, ou jamais...

L'envie lui prit de refuser, de rentrer chez lui, de rejoindre Hélène, de dormir, d'oublier la violence de la lumière sur le granit des tombes, ce soleil qui tirait les larmes par l'intensité de son voltage...

— D'accord.

Ce qui suivit fut tellement semblable à ce qu'il avait prévu qu'il crut le vivre pour la deuxième fois.

Dans leurs costumes noirs, ils avaient desserré leurs cravates. Les cous portaient la marque des cols trop longtemps fermés. Ils buvaient une eau-de-vie claire et âpre, Alan y avait trempé les lèvres pour les accompagner. La conversation ne prenait pas. Certains avaient tenté, pour empêcher l'épaississement du silence, de parler des travaux sur la nationale qui allait un peu plus isoler le village en le contournant. Qui viendrait acheter dans les trois commerces restants ? Mais une gêne planait : parlait-on de ce genre de problème dans la maison d'un mort ? Aucun n'avait évoqué Antoine enfant. Pourtant il avait grandi là. Tout se passait comme s'il n'avait laissé aucun souvenir.

Ils partirent lentement, les uns après les autres, comme si chaque départ n'avait été qu'une fuite provoquant en eux de la honte.

Le père ne disait rien. Ce ne fut que lorsqu'il fut seul avec Alan qu'il desserra les dents.

— Antoine ne parlait pas beaucoup de son travail, il ne venait pratiquement plus ici, pourtant on n'est pas si loin de Paris, mais il ne venait pas, il n'a jamais aimé ce pays parce qu'il n'a jamais aimé son enfance.

Alan ne savait que dire. Il y avait, appuyé aux colonnettes du buffet, un cadre. Une femme y souriait, quarante ans, un visage étroit, des lèvres pâles, noyées dans la lumière qui lui blessait les yeux. La mère d'Antoine, sans doute.

— Il m'a parlé de vous, quelquefois.

Pourquoi Alan avait-il dit ça ? Ce n'était pas faux,

d'ailleurs, mais pas complètement vrai, c'étaient à chaque fois des remarques anodines auxquelles il n'avait prêté que peu d'importance.

Le vieux buvait sec. Il remplit son verre pour la troisième fois.

— Quand sa mère est morte, il avait onze ans, alors je l'ai mis en pension, j'étais seul, qu'est-ce que je pouvais faire d'autre ?

Alan acquiesça. La fatigue venait, cette maison secrétait l'ennui. Antoine avait dû être heureux de la fuir. Alan comprenait cette volonté de ne plus jamais y revenir.

— ... il a dû m'en vouloir, il a pensé que je voulais me débarrasser de lui, c'était un peu vrai, je ne savais pas m'y prendre avec les enfants.

Il ouvrait et fermait ses mains maladroites. Alan pensa à un homme trop brusque, trop épais, auquel on confie une chose légère, friable, délicate et qui, épouvanté de sa force inadaptée, panique.

— Je n'aurais pas su l'élever, avec n'importe quel gosse je n'aurais pas su m'y prendre, alors avec lui...

Qu'y avait-il eu de plus compliqué avec lui ? En quoi son cas était-il plus particulier que celui des autres ? Alan avait conscience, en cet instant, que le vieux parlait pour lui-même, qu'il fallait le laisser s'épancher, mais ce fut plus fort que lui :

— Qu'avait-il de différent des autres ?

Le père d'Antoine reposa le verre sur la toile cirée. Dans le soleil rasant, on pouvait voir briller les auréoles laissées par les autres verres.

— Vous savez où il est né ?

— Non. Ici, je présume.

Le vieux eut un ricanement triste, un faux rire qui ne signifiait rien que le malheur.

— Il est né à l'asile. À dix kilomètres, à Saint-Perdrieux. Sa mère était folle. Elle y est morte.

Alan sentit son cœur battre. Les billes. Inlassablement des billes couraient dans un couloir. La nuit était venue depuis longtemps et elles roulaient toujours. Qu'est-ce que cela signifiait ?

— Et Antoine ?

Les sourcils du vieil homme se haussèrent.

— Quoi, Antoine ?

Alan avala sa salive.

— Vous aviez l'air de dire qu'il n'était pas normal...

Le rire en crécelle morne résonna à nouveau.

— Je n'ai pas que l'air, j'ai les paroles aussi. C'était un gosse doux, facile, craintif... il jouait dans la grange, toujours seul, ça m'inquiétait de ne pas lui connaître de copains. On a toujours tendance à croire, dans nos sociétés, que si un gosse ne joue pas avec les autres, c'est que quelque chose ne va pas. Eh bien pour lui, c'était vrai, quelque chose n'allait pas.

— Quoi ?

Alan en avait assez, à la fin, pourquoi ce type ne sortait-il pas, une bonne fois pour toutes, ce qu'il avait sur le cœur ?

— Les oiseaux, dit-il. Dans la cachette qu'il avait confectionnée avec des emballages de carton, c'était plein d'oiseaux. Des oiseaux morts.

— Morts ?

— Décapités. Je ne sais pas comment il s'y prenait, mais c'était ainsi, il leur coupait la tête.

Seigneur ! Cela n'existait pas, ce genre d'histoire n'arrivait jamais...

— Qu'avez-vous fait ? demanda Alan.

— Rien. J'ai eu peur, surtout si je racontais ce qui était arrivé à sa mère, qu'on ne le prenne nulle part... Je ne voulais pas le montrer à des psychiatres ou à des types comme ça, je savais où ça menait, j'avais donné, avec Viviane... Alors, je me suis tu, je l'ai inscrit au collège et j'ai croisé les doigts. Je vérifiais son carnet scolaire, je le regardais vivre ici lorsqu'il venait pendant les vacances, je ne détectais rien d'alarmant, il était bon élève, en maths surtout. Un jour, un de ses profs m'a écrit, son prof de maths justement, une longue lettre . il me disait qu'Antoine avait un don, qu'il était une sorte de génie, de surdoué, qu'il fallait lui faire poursuivre des études. C'est ce que j'ai fait après son bac. Je ne sais pas pourquoi je vous raconte tout ça...

— Nous étions assez liés...

— Oui, c'est vrai, et puis ça me fait du bien d'en parler. J'ai toujours été inquiet que quelque chose casse dans sa tête. J'avais toujours l'impression qu'il y avait en lui tout un enchevêtrement de cordes tendues, et que si l'une se rompait, elle entraînerait toutes les autres, et alors, comme pour sa mère, il n'y aurait plus rien que la nuit des calmants pour retrouver la paix de l'esprit...

Alan le regardait, et il eut l'impression que, sous la peine, il y avait comme l'amorce d'un soulagement. Cet enfant qui avait été le sien avait dû être, tout au long de sa vie, une source d'angoisses permanente. C'était fini aujourd'hui : Antoine était mort.

Une envie de fumer. Alan avait toujours éprouvé ça dans les moments intenses de sa vie. Comme si la fumée dans sa bouche pouvait calmer le rythme de son cœur.

Réfléchir. Réfléchir lentement...

Il serra la main du père et le laissa attablé devant la bouteille. Dans la cuisine sombre, celle-ci semblait accaparer toute la lumière de la pièce.

Alan retrouva sa voiture, les ombrages de la placette sous lesquels il l'avait garée avaient gardé la fraîcheur intérieure. Il s'installa au volant et ferma les yeux.

Une mère folle ne signifiait pas que l'enfant serait fou. Et d'un. Il fallait qu'il se renseigne : quelle était la maladie mentale de la mère, et celle-ci était-elle héréditaire, tout au moins entraînait-elle une prédisposition ?

Deuxième point, les oiseaux.

Rien de très extraordinaire : il y avait chez les enfants une cruauté naturelle, le nombre de récits d'enfance où le héros racontait la jubilation éprouvée à couper les ailes des mouches ou à tirer la queue du chat, voire à martyriser les libellules, était incommensurable. Alan se souvint de sa propre frénésie lorsque, au retour de l'école, il écrasait du talon des colonies de fourmis, provoquant avec plaisir de sanglantes hécatombes. Bien sûr, on pouvait arguer qu'il en était autrement des oiseaux, ils profitaient d'une sorte d'aura de beauté, de fragilité, de petitesse, ils étaient sans défense, venant d'eux rien ne pouvait survenir de mal, ils étaient le chant de l'été dans les arbres, la grâce du vol. Il fallait, pour les exterminer, être du côté du mal, de la perversion...

Et puis, il y avait l'histoire des billes.

Alan mit le contact.

L'homme qui avait créé Bob ne pouvait pas être fou. Ou alors de cette folie particulière qui confine au génie.

Le moteur ronflait. Avant de passer la première, Alan vérifia son portable. Il avait quatre messages.

Les quatre étaient d'Hélène.

Il y avait eu un accident. Le car dans lequel se trouvait Max-Max avait versé, le gosse était indemne, mais il y avait quatre blessés et deux morts, dont le chauffeur. Alan ferma les yeux et colla sa nuque contre le dossier. Il s'efforça de respirer calmement pendant une bonne minute. Là-bas, à l'autre bout de son corps, ses genoux s'étaient mis à trembler et il se demanda comment il allait parvenir à les arrêter.

Il composa le numéro de la maison et elle décrocha tout de suite. Elle ne le laissa poser aucune question.

— Ne t'inquiète pas. Pas une égratignure, ça l'a secoué mais il dort. Son copain Tom est resté à l'hosto, un poignet cassé. Ils s'en sont bien sortis. Ils ont eu droit à la télé, le journal de treize heures.

— J'arrive, dit Alan, je suis allé chez le père d'Antoine après l'enterrement.

Il y eut un blanc. Contre son oreille, le portable grésillait. Pourquoi ne parlait-elle pas ? Pourquoi hésitait-elle ?

— Alan ?

— Oui, quoi ?

— J'ai regardé le reportage de l'accident sur France 2.

— Et alors ?

— Il y avait un plan à l'intérieur du car renversé.

— Parle, bon Dieu.

Il y avait de quoi s'énerver, elle donnait l'impression d'avoir une enclume accrochée au bout de la langue.

— Il y avait des roses, Alan, un bouquet de roses...

— J'arrive.

Il se donna quelques secondes supplémentaires avant d'enclencher la première. Bob était de retour. C'était comme dans les cauchemars.

Pour retrouver la route de Paris, il dut longer les grilles du cimetière. Il ne put s'empêcher de ralentir et de jeter un coup d'œil vers l'endroit où Antoine venait d'être inhumé.

Un détail lui revint, auquel il n'avait pas prêté attention : il n'y avait pas eu de fleurs. Aucune.

Cela se faisait, d'ordinaire. Mais là, même pas un simple bouquet. Pas une rose.

« L'histoire de l'humanité a consisté à inventer des remèdes contre des obstacles : la domestication du cheval, la roue pour vaincre l'espace et le temps, des vêtements contre un milieu hostile, la cueillette, la chasse pour la survie. Seuls les végétaux ont un contact sans intermédiaire avec les éléments fondamentaux de la planète : la terre, l'air, l'eau, le soleil. Est-ce de cette absence de protection qu'ils tirent leur étonnante vie cyclique, toujours renouvelée, toujours régénérée ? »

Harold Swanson,
L'Intuition de la durée chez les paracellulaires.

Le répondeur

Il n'existait rien de plus traumatisant que les cellules de soutien pour éviter les traumatismes. Lorsque Alan et Hélène ouvrirent leur porte à deux psy venus porter aide à Max-Max, tous deux comprirent qu'ils avaient laissé pénétrer chez eux le dogmatisme imbécile d'une discipline aléatoire, doublée de schémas taillés à la hache et présentés de la voix moelleuse réservée d'ordinaire aux grands brûlés et aux suicidaires compulsifs. Alan s'exaspéra très vite, d'autant que le gosse parlait librement de l'accident avec gestes à l'appui. Quant à la mort de l'un de ses copains, elle ne semblait pas l'affecter particulièrement. Alan était d'ailleurs frappé de son indifférence au drame, comme si ce dernier faisait intégralement partie du monde des vivants et comme s'il n'y avait que ces idiots d'adultes pour s'étonner que cela se fût produit.

Un des psy se pencha vers Hélène. Il jouait depuis son entrée avec une pipe vide, et elle se demanda ce qu'on pouvait en inférer sur un plan psychanalytique. Elle devait en parler plus tard avec Alain qui répondrait : « À mon avis, il avait oublié son tabac. »

— Votre fils semble réagir parfaitement devant cet accident, vous ne devriez pas en conclure que sa réaction est la bonne, l'absence d'émotivité n'est pas la meilleure façon d'évacuer un problème qu'il s'agit d'intégrer plutôt que d'effacer. Il est possible que, dans un futur proche, apparaissent chez lui des troubles du comportement, il vous faudra surveiller son sommeil, et ne pas hésiter à mettre une lumière sur une occultation...

Hélène se dandina sur le canapé, et Alan n'eut pas le temps de s'interposer entre elle et le psy.

— Barrez-vous, dit-elle.

— Pardon ?

— Allez proférer vos conneries ailleurs. Si je vous vois rôder autour de mon gosse, je vous fracasse le crâne.

Alan raccompagna le couple jusqu'à la porte et tenta d'excuser son épouse

— Ne lui en voulez pas, dit-il, je pense qu'elle a subi un choc et qu'elle est actuellement victime du contrecoup.

L'homme à la pipe vide hocha la tête.

— Elle a besoin d'une écoute et d'une aide, dit-il, elle devrait se présenter à la cellule, dans le cas qui nous occupe, les parents, et plus particulièrement les mères, peuvent, plus que leurs enfants, participants directs au phénomène, ressentir un véritable trauma psychique qui les entraîne à revivre de façon fantasmatique ce qui s'est produit et à en ressentir...

— D'accord, dit Alan, dès qu'elle commence à yoyoter, je vous l'amène.

Il les regarda s'éloigner. Ils semblaient avoir une conversation animée et il se demanda s'ils se racontaient des histoires de psychologues.

Au centre du salon, Hélène versait du whisky dans deux verres. Elle en tendit un à Alan et, lorsqu'il l'eut pris, elle resta quelques instants les bras tendus dans le vide.

— Je ne tremble plus, dit-elle, pendant deux bonnes heures je n'ai pas pu m'en empêcher, pourtant il était là.

Alan s'assit et s'envoya une lampée qui lui incendia l'œsophage.

— Nos journées ont été chargées, dit-il, qui commence ?

— Toi.

Il s'adossa plus confortablement contre les coussins.

— J'ai discuté un peu avec le père d'Antoine, il prétend que son fils était cinglé.

Hélène grimaça.

— Il me paraît difficile d'admettre qu'une boîte comme celle dans laquelle tu travailles puisse engager un cinglé pour gérer des recherches et le budget non négligeable qui va avec.

Alan soupira. Sur le trajet du retour, il avait pensé à cela. Il se souvint d'avoir parlé, lors d'une première entrevue, des études et des diplômes obtenus par Antoine. Si ses souvenirs étaient exacts, celui-ci avait soutenu brillamment une thèse de biophysique moléculaire à la faculté des sciences de Bruxelles et, lorsqu'il s'était présenté chez Rexmond, obtenu des recommandations chaleureuses du CNRS d'Orléans où il avait effectué quelques découvertes relatives à la photosynthèse, l'une concernant en particulier la cascade énergétique des accepteurs d'électrons. Il semblait difficile d'en conclure que l'individu était un débile mental. Mais la folie n'était pas la débilité, on pouvait toujours penser que dans le cerveau le plus inventif, au cœur de la raison et de la pensée la mieux constituée, une fissure pouvait naître, dont personne n'était capable de mesurer les conséquences.

Alan devait se souvenir longtemps de cette soirée, elle allait être l'une des plus douces qu'il ait vécues. Hélène lui avait resservi du whisky, ne s'était pas oubliée et faisait valser ses cannes anglaises. Max-Max riait aux éclats et Alan se souvint de s'être demandé s'il n'était pas temps pour eux d'avoir un autre enfant. Hélène pouvait encore durant quelques années... Pourquoi pas ? Il décida de lui en parler et se lança dans la confection de son plat favori pour le repas du soir, un dessert consistant à casser des œufs, à séparer le blanc des jaunes, à sucrer les jaunes, à monter les blancs en neige, à mélanger le tout et à tenter d'en avaler le maximum avant de vomir... Max-Max eut le droit de regarder la télé plus tard que d'habitude et conclut sa journée en souhaitant se trouver le plus de fois possible victime d'un accident de car...

Hélène alla se coucher la première et Alan traînassa quelque temps dans le salon. Il arrosa les trois rosiers et contempla quelques instants l'espace vide laissé par Bob. Il enfonça légèrement ses doigts dans le terreau, il s'était desséché et formait une pellicule plus solide sur quelques millimètres d'épaisseur. Il tenta de dresser le bilan de la journée écoulée mais, comme à son habitude, il n'y parvint pas. Il décida de gagner sa chambre. À cette minute précise, le téléphone se mit à sonner. Avant qu'il ait eu le temps de faire un geste, le répondeur se déclencha. Hélène devait l'avoir branché pour ne pas être dérangée par des amis de ses parents lui demandant des nouvelles de Max-Max.

Il décida de le laisser en marche et il entendit sa propre voix retentir dans la pièce :

— ... vous pouvez laisser un message après le bip.

Un silence.

Qui pouvait appeler si tard ? Peut-être une erreur, ou la personne qui appelait venait-elle de prendre conscience de l'heure tardive ? Soudain, le salon s'emplit d'une voix. Pleine et ferme. Une voix de chanteur, de crooner, plus exactement.

— Hélène, nous avons changé de numéro. Les deux derniers chiffres sont 08 au lieu de 79, le début n'a pas varié. Allez-vous bien ? Ne restez pas si longtemps sans venir nous voir, vous savez qu'il ne le faut pas. Téléphonez-moi. Je vous embrasse.

Un instant de silence encore avant de raccrocher. Alan eut l'impression que le type voulait ajouter quelque chose, qu'il n'avait pas tout dit, mais le message s'arrêtait là.

Qui était-ce ?

Par réflexe, l'index d'Alan effleura la touche « effacement », mais il se retint.

« Ne restez pas si longtemps sans venir nous voir. »

Qui était ce « nous » ?

Il y avait une façon simple de le savoir, c'était de demander à Hélène. Pourtant il ne le ferait pas. Il n'aurait su en expliquer la raison véritable. Quelque chose de confidentiel dans la voix. Il y avait entre ce type et Hélène une connivence, comme quelque chose de médical...

Bon Dieu, ça pouvait être ça, tout bêtement, le toubib, un des toubibs qui s'étaient occupés d'elle pendant son séjour à l'hôpital, elle avait dû louper un rendez-vous, des radios de contrôle à faire ou une chose comme ça... Pourquoi n'y croyait-il pas ? Pourquoi avait-il ressenti une inquiétude dès les premiers mots proférés par ce type ? Allons, il fallait se secouer, arrêter de vibrionner dans le mystère, ce n'était pas son genre, ce n'était le genre de personne.

« Au pied de la falaise de Skandialborg poussent des roses de brouillard.

Nul ne les cueille et les goélands s'en écartent.

Les vagues se brisent contre les galets et le vent hurle.

De longs hivers glacés se sont succédé sans que jamais quiconque dans le village n'ait cueilli les roses de Skandialborg

Car même le plus jeune des enfants de l'île sait que le diable est dans le rosier. »

Svena Bjorlnig,
extrait de *Poème des mers froides*,
traduit du danois par S. Bodil.

Merchant

Alan frappa de sa paume droite sur le bureau de Merchant.

— Je ne vous dis pas que la cause de cet accident est en rapport avec la présence de Bob dans le car, je vous dis qu'il y a, dans cet événement, quelque chose de troublant : mon fils a déjà été attaqué par Bob, et il se retrouve dans un car qui justement...

Merchant leva une main apaisante.

— Allez-y doucement, Alan, la seule chose dont nous soyons sûrs après le visionnage des cassettes, c'est qu'il y avait effectivement un bouquet de roses offert par une des fillettes à sa maîtresse. Rien ne nous prouve que Bob se trouvait parmi ces fleurs.

— Rien ne prouve le contraire. Quant au chauffeur, l'entreprise interrogée a insisté sur le fait qu'il n'avait jamais eu le moindre accident et qu'il était spécialisé dans les transports d'enfants.

— Vous oubliez le brouillard.

Alan respira à fond. Inutile de s'entêter sur le chauffeur, ce n'était pas lui qui pourrait dire s'il avait été attaqué ou pas, il avait été tué sur le coup.

— Je ne vous ai pas fait venir pour que nous discutions de cet accident, dit Merchant, je comprends qu'il vous trouble mais je voulais avant tout vous montrer ceci.

Merchant tendit deux feuilles à Alan. Il les tenait en réserve sur son sous-main.

— Ce sont des photocopies, dit-il, mais nous possédons les originaux.

Sur l'une des feuilles, Alan vit le nom d'Antoine. Il y avait des signatures à paraphes compliqués, des cachets en relief. L'en-tête était calligraphié : « Faculté royale de Bruxelles. Section biophysique ». C'était la thèse d'Antoine, celle qui le faisait docteur ès sciences.

Alan leva des yeux interrogateurs sur son vis-à-vis. Merchant eut une curieuse grimace.

— Un faux, dit-il, habilement fait, mais un faux.

Alan eut l'impression que le sang qui irriguait ses veines venait de s'épaissir, il ne bougeait plus qu'au ralenti, à présent.

— La lettre du CNRS d'Orléans est fausse également. J'en ai eu la confirmation hier soir, de la bouche du directeur en personne.

Alan ferma les yeux. Pendant plusieurs semaines, Antoine s'était investi dans un travail ridicule qu'un élève de première année n'aurait pas même entamé : il s'en souvenait, il en avait ri ensemble... Cependant Antoine l'avait aussi épaté par ses fulgurances, son obstination, ses éclairs... Il allait lui falloir en appeler à sa mémoire : ce type avait-il été un escroc parfait, ou y avait-il eu autre chose lui permettant d'avoir effectué la découverte du siècle ?

— Il nous a roulés, dit Merchant, vous comme moi, alors vous comprendrez que cette histoire de rosier assassin, ça commence à me paraître suspect.

Alan bondit.

— Alors pourquoi vos copains américains se sont-ils précipités pour l'embarquer dans leur labo ?

Merchant sourit.

— Parce qu'ils sont aussi cons que nous ! Vous ne les connaissez pas, vous vivez dans une sphère qui vous évite la bagarre. Or, celle-ci est constante. Vous croyez que la concurrence n'a lieu qu'entre les entreprises ? C'est une erreur. Le véritable combat a lieu à l'intérieur. Je suis bien placé pour vous en parler : la guerre est mon quotidien. Le secteur français de Rexmond n'a pas pour but de faire la fortune de Rexmond, son rôle réel est d'être plus rentable à court, moyen ou long terme que les secteurs allemand, espagnol, britannique ou américain de Rexmond. La lutte est intestine, Alan, uniquement. C'est comme ça que la machine survit. Alors ne vous étonnez pas qu'ayant cru découvrir l'oiseau rare, Rexmond États-Unis nous l'ait piqué, et si nous l'avons laissé partir, c'est que nous n'avions pas les moyens de le garder.

Alan fut surpris. Jamais son supérieur n'avait parlé aussi longuement, et avec autant de violence. Il y avait de la fatigue sous les yeux de Merchant, une ombre lasse l'humanisait.

— Que se passe-t-il ? demanda Alan. Je sais bien qu'Antoine n'a même pas eu le temps de commencer ses recherches, mais il a dû mettre quelque chose en branle, sa mort n'a pas tout arrêté, où en sont-ils ?

— Top secret.

— Ce qui veut dire ?

— Bon sang, Alan, on dirait que vous venez d'arriver. Lorsque vous avez commencé vos travaux sur le complexe du cytochrome, vous en avez référé à Houston ? C'est le principe même sur lequel repose la boîte : l'indépendance des parties crée la richesse de l'ensemble.

— Non, mais vous étiez au courant.

— Nous n'avions pas à en référer à la maison mère et nous ne l'avons pas fait. Ils n'ont rien à nous dire, pourquoi perdraient-ils leur temps à nous en parler ?

Alan sentit la migraine poindre. Cela se produisait de plus en plus souvent, il faudrait qu'il consulte un toubib et, en même temps, il se doutait que tant que l'opération « Bob » ne serait pas réglée, elle serait là, de plus en plus présente, de plus en plus taraudante.

En arpentant le couloir, Alan entrevit à travers les vitres dépolies les silhouettes penchées sur des écrans d'ordinateur.

Sans prévenir personne, il décida de rentrer chez lui. Il lui fallait faire le point, réfléchir posément, tenter de se remémorer exactement comment les choses s'étaient déroulées.

Et puis, il y avait le message.

Hélène dormait ce matin lorsqu'il était parti. Il ne l'avait pas réveillée, après tout elle était encore convalescente. Le son de cette voix de baryton n'avait pas cessé de résonner à ses oreilles durant toute la journée.

À cette heure, les périphériques étaient moins encombrés.

Il tenta de se rappeler les méthodes de Stuart Mill, cela remontait à ses études de philo : une recherche logique de la vérité entre les causes et les effets par élimination successive des interventions du hasard.

Il essaya : soit deux séries. Dans la première, un enfant coupe la tête des oiseaux. Dans la deuxième, des oiseaux ont la tête coupée dans un jardin. L'élément commun est la présence du même individu (enfant devenu adulte) dans les deux séries de faits, si l'on admet que l'individu en question s'est déplacé pour se livrer à ce passe-temps. Était-ce possible ? Certainement, ledit individu ayant un moyen de locomotion pratique et rapide, une moto en l'occurrence. D'autres éléments corrélatifs mais non encore intégrés au système explicatif posent cette question : l'individu est-il fixé à un stade infantile ? Oui, si l'on songe aux billes qu'il s'amuse à faire rouler. Oui, si l'on pense aux trucages auxquels il se livre concernant des examens de haut niveau prétendument passés.

Presque automatiquement Alan leva le pied lorsqu'il vit le panneau indiquant la porte de Montreuil. C'était là que, d'ordinaire, la circulation était le plus dense, mais cette fois la route était libre.

À cet endroit, il revit la scène aussi nettement que s'il l'avait eue devant lui : elle se déroula comme sur un écran de cinéma.

Pourquoi porte de Montreuil ? Il ne devait jamais le savoir. La vision était nette, l'action se déroulait devant lui : Antoine entrait dans la pièce principale et filait vers l'aquarium à plantations. Il le voyait de dos... il avait déterré les quatre rosiers... Hélène était là, en arrière-plan, il en était à peu près sûr... Une odeur de whisky flottait, c'était lui, Alan, qui devait le verser, le jour tombait. Et Antoine n'était plus là... il s'était rendu sur la terrasse avec les rosiers, lui-même ouvrait un paquet de cacahuètes, Max-Max gambadait, cela n'avait pas duré longtemps et Antoine était revenu : il s'était accoudé au chambranle de la porte-fenêtre.

« Bon Dieu, Alan, je crois que ça marche. »

Ce n'est qu'après le repas qu'il avait montré la diminution des racines chez Bob. Et la question était là : Antoine pouvait-il les avoir coupées sans que lui, Alan, s'en aperçoive ?

Réponse : il avait eu très largement le temps.

Non, non et non... Ce type avait été son ami, et aujourd'hui il fallait supposer qu'il s'était introduit dans son jardin, chez lui, avait tenté de tuer son fils, avait étranglé son chat, coupé des racines, tout cela pourquoi, en fait ? Pour faire croire à son supérieur qu'il avait découvert ce qui séparait le monde végétal du monde animal ? Le jeu en valait-il la chandelle ?

Cela faisait-il partie du caractère d'Antoine ? Était-il

à ce point obsédé par la réussite ? Avait-il pu aller jusque-là pour conquérir... conquérir quoi ? La célébrité ? Nul doute qu'il aurait été bon pour le Nobel si les choses avaient tourné autrement.

Hélène était dans la cuisine et épluchait mélancoliquement des haricots.

— Tu as mauvaise mine, dit-elle, tu ressembles à un épagneul qui aurait le cafard, mais tu as de la chance, ce sont les chiens que je préfère.

Alan émit un aboiement plaintif et s'effondra sur le tabouret de l'autre côté de la table.

— Tu as eu un message hier soir, un type à la voix de bronze, il disait que...

Il la regardait : lorsqu'elle l'interrompit, ses yeux souriaient.

— Tom Corelli, dit-elle, je l'ai rappelé ce matin, le roi des kinés, le kiné des rois. J'avais commencé quelques séances avec lui mais j'ai arrêté.

Alan hocha la tête tandis qu'elle lui expliquait les raisons de son abandon : Corelli mélangeait un peu abusivement kinésithérapie et soutien collectif, la mode sans doute. Elles étaient quatre filles dans la même salle, elle avait eu l'impression de perdre son temps, d'ailleurs les médecins ne l'avaient pas particulièrement recommandé.

Pourquoi parlait-elle tant ? Pourquoi tant d'explications ? Alan secoua la tête : il ne fallait pas sombrer dans la suspicion, il en devinait les vertiges, elle pouvait être sans limites... Il y avait toujours des raisons de ne plus rien croire, et pourquoi n'aurait-il pas cru Hélène ? Elle n'avait pas cillé un centième de seconde, pas une hésitation. Qu'est-ce qu'il s'imaginait, qu'elle le trompait avec un chirurgien nu sous sa blouse ? Depuis qu'il l'avait épousée, il n'y avait pas eu entre eux le moindre nuage. Deux ans plus tôt, ils avaient joué à s'inventer, elle un amant, lui une maîtresse : Ralph et Dolorès. Ralph mesurait un mètre quatre-vingt-dix, avait le sourire de Gary Cooper et le Q.I. d'Einstein. Dolorès possédait le profil de Greta Garbo en plus blonde et une sexualité démesurée. Un soir où ils avaient commencé à se fatiguer d'eux, ils les avaient présentés l'un à l'autre, et Ralph et Dolorès avaient eu le coup de foudre. Dolorès avait possédé Ralph une longue nuit et ils s'étaient mariés le lendemain. Il arrivait encore qu'Hélène annonçât à Alan des nouvelles des nouveaux époux, une naissance était prévue pour bientôt, cela tombait bien, Ralph avait eu une promotion et était devenu chef magasinier, Dolorès tricotait à tour de bras et avait pris vingt-cinq kilos, retrouverait-elle sa ligne ?

Alan se leva et sentit une vague de fatigue déferler. Rien n'était résolu, tout se brouillait dans sa tête, tout tenait du mauvais rêve, il était suffisamment homme de science et de raison pour savoir que les limites entre l'invraisemblable et l'extraordinaire sont plus que floues. Il aurait fallu qu'il se souvienne très exactement des discussions qu'il avait eues avec Antoine. Celui-ci l'avait-il laissé parler ? Alan avait le sentiment qu'il y avait eu échange, que l'homme était bizarre, certes, mais intelligent, compétent en son domaine, n'avait-il pas réussi à n'en donner que l'illusion ? Il y avait aussi ce fatras de magazines chez lui, à quoi cela pouvait-il bien lui servir ?

Alan savait que toutes ces préoccupations étaient préjudiciables à son travail. Depuis plusieurs jours il ne s'était pas préoccupé des résultats obtenus, il avait tenté de faire passer en circuit fermé du chlorure de cuivre associé à de la glycine dans deux réacteurs, l'un surchauffé, l'autre à zéro degré, et il ne connaissait même pas la conclusion des tests. Quant aux trois stagiaires, ils devaient pédaler dans la choucroute.

Prendre huit jours.

Il l'avait mérité, après tout : il embarquerait Hélène et Max-Max, ils avaient l'un comme l'autre subi un choc et méritaient un peu d'évasion. Quant à lui, il oublierait tout cela. Ça pouvait ressembler à un fuite, ça y ressemblait même terriblement, mais tout le monde avait le droit de fuir. Dieu merci, le courage n'était pas un devoir, et d'ailleurs qu'est-ce que le courage ?

Où iraient-ils ? Il n'y avait même pas à se poser la question, ils iraient chez Mémé. Le verbe « partir » n'avait, depuis la naissance de Max-Max, qu'un seul sens : partir, c'était aller chez Adriana Rosco, devenue Mémé dès les premiers borborygmes de son petit-fils. Mémé s'était installée depuis une quinzaine d'années sur les bords de la Loire où elle ébranlait le ciel et traumatisait ses voisins en faisant résonner, aux heures les plus indues, des volées de coups de masse et de burin sur des blocs de granit. Mémé sculptait depuis toujours, il était difficile d'expliquer quoi. Alan avait des théories là-dessus, la plus acceptable étant qu'il s'agissait de tombeaux verticaux dont les occupants tentaient de soulever le couvercle, cependant qu'Hélène prétendait qu'il s'agissait de monstres obèses tentant de s'introduire dans un placard géant.

Alan se souvenait de sa première rencontre avec Adriana. Couverte de poussière et d'éclats de silex, elle s'appuyait sur le manche de son marteau, telle une divinité présidant aux délices du travail manuel. Il avait eu l'impression de rencontrer le symbole vivant des travaux publics tandis qu'elle le toisait. Elle lui avait posé une simple question qui était restée gravée dans sa mémoire :

— Êtes-vous capable d'amener ma fille à l'orgasme ?

Alan s'était dandiné d'un pied sur l'autre, avait fourré ses mains dans ses poches, levé les yeux au ciel, gratté le nez, éclairci la voix, rougi jusqu'aux oreilles, et avait fini par répondre :

— J'ai tout lieu de le croire.

Adriana avait soulevé la masse sur laquelle elle s'appuyait, fendu en deux une sorte de rocher, et déclaré :

— Alors je vous la donne. L'orgasme est le ciment de l'union du couple et, croyez-moi, je sais de quoi je parle. J'ai eu un mari, une trentaine d'amants et je ne sais toujours pas ce que c'est.

Alan en avait conclu que la vie avec Adriana avait dû être du genre costaud. Hélène ne l'avait pas détrompé.

Donc, ils iraient chez Mémé. Max-Max serait ravi, il était fasciné par sa grand-mère dont les biceps le ravissaient, l'usage quasi quotidien du marteau ayant peu à peu conféré à la sexagénaire une musculature qui l'apparentait plus à Sylvester Stallone qu'à Julia Roberts. Ils seraient bien là-bas, les crépuscules sur la Loire étaient souvent brumeux en cette saison et ils boiraient du vin du pays dont Mémé avait une solide réserve, en regardant de la terrasse le soleil fantomatique peindre d'argent pâle les rives imprécises du fleuve. Allons, c'était décidé, il téléphonerait demain matin à Rexmond et le tour serait joué.

— À quoi penses-tu ?

Alan émergea. Hélène le regardait. La lumière éclairait violemment son visage, il la trouva pâlotte et ce lui fut une raison supplémentaire pour annoncer la nouvelle :

— On va chez Mémé, on va manger bio et se refaire une santé.

Hélène sourit.

— Je suis partante.

Problème réglé : ils prendraient la route demain.

« Tout animal est plus ou moins homme, toute plante est plus ou moins animal, tout minéral plus ou moins plante. »

Denis Diderot, cité par Denis Buican :
Évolution de la pensée biologique.

Jim

Il y avait un mystère dans ces murailles... Sur les pierres blanches, celles-là mêmes avec lesquelles on avait bâti les châteaux, le soleil des débuts d'après-midi aurait dû être aveuglant, mais était-ce le miroir tempérant de la Loire proche ou l'impalpable douceur flottante d'un imperceptible brouillard, il ne recevait du spectacle qui se déroulait devant lui qu'un apaisement. Les siècles avaient défilé et rien ne semblait avoir bougé depuis la nuit des temps. Le fleuve immobile s'élargissait, noyant les berges sableuses des îles. Aucun élément du décor n'avouait son siècle, ni la vieille maison, ni l'ancienne route, ni les arbres qui bordaient les rives.

Les siestes y étaient interminables. Adriana ne reprenait jamais le travail avant la fin de l'après-midi, et ce n'était que lorsque son ombre s'allongeait qu'elle partait d'un pas de chasseur vers l'atelier du jardin. Tous en profitaient, Alan s'endormait sur un dossier qu'il avait apporté, le projet d'étude d'une de ses étudiantes. L'idée de départ, originale, reposait sur un postulat simple : rien de ce qui est vivant n'est immobile. Il était facile de s'en rendre compte, il suffisait de se placer devant une fleur quelconque, une feuille quelconque, et de l'observer de près, elle semblait parcourue d'une trémulation infime mais permanente, c'était la marque de la vie. La suite se perdait dans une démarche compliquée alors qu'il était facile de s'apercevoir qu'il s'agissait de la manifestation d'une énergie électrique membranaire. Il n'était pas non plus question de la force osmotique du proton, pourtant fondamentale et parfaitement explicative. Quant aux résultats chiffrés du potentiel exprimé en volts et à une température de vingt-cinq degrés centigrades, ils étaient de la plus haute fantaisie. Alan avait biffé quelques opérations au crayon rouge, avait tracé quelques points d'interrogation et d'exclamation dans la marge, et il s'était doucettement endormi sur les feuillets. Il était quinze heures juste lorsque le téléphone avait retenti à l'intérieur de la maison.

Près de lui, vautrée en fœtus sur une chaise longue, ensevelie sous un plaid, Hélène avait grogné et Alan s'était levé pour décrocher.

Dès la première réplique, il reconnut la voix de Jimmy Verlop :

— Alan, c'est toi ?

Alan s'assit sur le coin du bureau et sourit.

— C'est moi mais ce ne devrait pas être toi. Tu m'appelles, depuis quinze ans, les premiers jours d'août, pour me dire de mettre le chinon au frais.

— Mets le chinon au frais.

— Ce qui veut dire ?

— Que j'arrive.

— En avril ?

— En avril.

— Rassure-moi, dit Alan, tu es en service ou tu as décidé de quitter les ONG pour le Carnegie Hall ?

Jimmy Verlop avait obtenu le quatrième prix Marguerite Long de piano, il y avait une trentaine d'années. Il était de cette race d'êtres humains qui ne peuvent voir un clavier sans s'installer devant et le quittent que les doigts lourds de fatigue. Il avait songé à devenir concertiste mais Rexmond avait su le retenir.

— Je t'expliquerai, dit Verlop, ce serait un peu long au téléphone. Je serai à Paris dans quatre jours.

— Formidable.

Qu'est-ce qui l'avait alerté dans la voix du vieux savant américain ? Rien sans doute, sinon ce changement de date dans sa visite habituelle. Il s'étonna de s'entendre proférer :

— Tout va bien ?

— Tout va bien. À moi Paris, Pigalle, les bars, les girls et tout le reste.

Le sourire d'Alan s'accentua. Il connaissait Jimmy, dès son arrivée il foncerait à Pleyel, louerait toutes les places de concert possibles, et passerait la totalité de son séjour entre vin de Loire et Rachmaninov.

— Appelle-moi pour me dire l'heure de ton arrivée, je passerai te prendre à l'aéroport.

— OK, salut, Alan. Au fait, désolé pour ton ami... je n'ai pas eu le temps de beaucoup le connaître.

— Ciao, Jim, à très bientôt.

Alan regagna la terrasse. Adriana discutait avec sa fille, Max-Max jouait dans le jardin. De temps en temps, on le voyait apparaître entre les arbres au hasard de ses courses éperdues.

Alan s'approcha des deux femmes.

— Jim arrive la semaine prochaine.

Hélène battit des paupières, la lumière jouait dans ses prunelles, elles lui parurent étonnamment claires, presque transparentes.

— C'est au mois d'août, d'ordinaire.

— Qui est Jim ?

Alan se tourna vers sa belle-mère.

— Un vieil Américain, vous devriez le rencontrer, c'est un bourreau des cœurs.

— Je ne cherche pas un bourreau des cœurs, je cherche un champion de l'oreiller.

— Tu devrais tenter les douches froides, dit Hélène.

Alan ricana.

— Vous devriez plutôt essayer les piqûres de cyanure.

— Je vous hais, dit Adriana, l'un comme l'autre. Allez me chercher un verre de champigny, faut que j'aille bosser.

Elle avala le verre en deux gorgées de terrassier et disparut en direction de l'atelier : dans quelques instants, tous les oiseaux des buissons, halliers et fruitiers jailliraient, toutes ailes battantes, au premier coup de maillet.

— Tu crois que c'est vrai, cette histoire d'orgasme jamais atteint ?

Hélène hocha la tête.

— T'es-tu jamais demandé si tu avais été conçu avec ou sans plaisir ?

— Ça ne m'a jamais effleuré, dit Alan. Je pense que, n'ayant pas eu le désir d'approfondir la question, cela doit signifier que je m'en fous totalement.

— Tu as raison, dit Hélène, l'essentiel c'est qu'un bon vieux gros sympa de spermatozoïde, bien costaud, ait percuté de plein fouet un bon gros ovule tout rond plein de joie de vivre, sinon ce n'est qu'affaire de mouches sodomisées...

— Au fait, dit Alan, est-ce que tu sais que les vacances sont finies ?

— Déjà !

— Je travaille lundi. Tu veux rester ?

Le regard d'Hélène suivit la courbe du fleuve. À l'exception des coups de maillet, elle s'entendait bien avec sa mère, Max-Max aimait la campagne... quelques jours supplémentaires à cavaler dans les sous-bois.

— Tu ne m'en voudras pas ? Quelques jours de plus à tirer ma flemme...

— J'irai faire la fête avec Jim.

Il n'avait pas fini de prononcer le nom de son ami que le téléphone sonna à nouveau.

— C'est encore moi, Alan.

La sonorité n'était pas la même. Il y avait un écho métallique qui n'existait pas lors de la première communication. Jim téléphonait d'un autre appareil.

— Je t'écoute.

— Un service, ne parle pas de mon arrivée à Paris.

— Pourquoi ?

— Je leur ai dit que je partais en voyage d'études à Bornéo. J'irai, d'ailleurs, mais après un détour.

— Promis, Jimmy, pas de problème.

— Salut.

Alan raccrocha. Mystérieux, tout cela. Pourquoi Verlop tenait-il à ce que l'on n'apprît pas sa présence à Paris ?

Durant les deux jours qui suivirent, Alan ne retrouva pas le charme serein des précédents. Dans un recoin de sa tête, il était déjà parti. Il confectionna un ragoût de mouton, fit une partie de pêche avec Max-Max, mais dormit mal. Dans peu de temps, il reprendrait son travail, Rexmond et Bob qu'il avait oubliés... En tournant et retournant le problème dans sa tête, il en était arrivé à la conclusion que Bob était une réalité. Bien sûr, on pouvait admettre qu'Antoine avait pu truquer les choses, mais il y avait Hélène, et son témoignage ne pouvait être mis en doute... À plusieurs reprises, elle avait fait le récit de son accident, il n'y avait jamais eu la moindre hésitation, la moindre contradiction dans sa relation des faits, donc le danger était toujours là, cette saloperie de plante errait quelque part, tentant d'étrangler les chats, les enfants, les jeunes femmes, ou de faire verser les autocars... Que pouvait-elle mijoter en cet instant ? Faire dérailler un train ? Faire sauter une centrale ? Et lui, pendant ce temps, se la coulait douce dans un coin tranquille de la campagne française. Mais que pouvait-il faire ? Rexmond était prévenu, c'était à eux de... Non, cela ne tenait pas, il le savait bien, il y avait toujours quelque chose à faire. Il aurait dû y avoir des recherches, peut-être les médias auraient-ils dû être avertis. Il avait eu, il continuait d'avoir une attitude irresponsable, quelque chose qui ressemblait à une fuite. Il y avait de l'imprudence dans tout cela, et sans doute, ce qui était moins supportable pour lui, de la lâcheté.

Le dimanche, qui était son dernier jour de vacances, le ciel se couvrit et il décida de partir de bonne heure pour éviter les bouchons qui engorgeaient les entrées de la capitale. Il embrassa femme, enfant et belle-mère, et démarra, il était un peu plus de quatorze heures.

Il respecta scrupuleusement les cent trente kilomètres à l'heure et arriva chez lui très exactement trois heures après son départ. Il gara la voiture, s'étira et entra dans la maison. Il lui sembla, en y pénétrant, qu'elle l'entourait avec tendresse et protection. Les psychiatres devaient connaître et expliquer ce sentiment : les murs avaient parfois la douceur d'un ventre maternel, le mot « nid » lui vint immédiatement à l'esprit. Même un grand dadais quadragénaire comme lui pouvait avoir l'impression d'être un oisillon de retour au bercail. Le silence était agréable, surtout après les tintamarres de belle-maman, et le canapé plus profond et plus accueillant qu'il ne se le rappelait.

Il se détendit, fuma une cigarette, puis se donna deux heures avant de s'envoyer un whisky. Il étendit les jambes devant lui et heurta la table basse au plateau en verre.

Le courrier s'y trouvait.

Huit jours de courrier. Des magazines, des lettres, des prospectus : la femme de ménage avait tout empilé.

Il écrasa le mégot dans le cendrier qu'il avait fauché, quelques années auparavant, dans un hôtel de Stockholm, pendant un symposium. Il y avait donné une conférence sur la structure de l'ATP Synthase.

Pourquoi s'en souvenait-il particulièrement en cet instant ?

Il s'attaqua à la pile. Il y avait quelques cartes postales d'anciens étudiants. Incroyable ce que la biochimie pouvait inciter au voyage... L'une d'entre elles, en provenance de Delhi, était signée Miléna. Cela remontait à quatre ou cinq ans, elle avait tenté de le draguer toute une année. Et pas de la petite drague, c'était une active : il avait dû, tous ces mois, veiller à ne jamais se trouver seul avec elle... pendant les cours elle le fixait avec une violence qui faisait monter la température de la salle, ce qui ne l'avait pas empêchée de rafler tous les concours et examens. Ses collègues indiens devaient avoir de quoi s'occuper.

Il écarta les factures sans les ouvrir, c'était le domaine d'Hélène. C'est alors qu'il fut pris d'un remords. Après tout, ce n'était pas sorcier de signer des chèques, elle était encore en convalescence et ce serait sympa de la débarrasser d'une corvée. Il sortit son stylo et commença bravement : gaz, électricité, abonnements à des magazines, etc.

Il ouvrit l'enveloppe de la dernière facture, celle du téléphone.

Elle avait trait aux derniers deux mois. Une chose le surprit : tous les appels y étaient consignés. Deux pages entières. Il n'en était pas ainsi auparavant. Il ne se souvenait pas d'avoir demandé que la note soit ainsi détaillée. Hélène avait dû le faire, mais pourquoi ? Ou alors c'était une erreur... Il faudrait qu'il lui en parle.

Il détacha un nouveau chèque, écrivit le montant et signa.

Une bonne chose de faite.

Il bâilla et, sans qu'il en eût conscience, ses yeux se mirent à errer sur les colonnes de numéros. Mécaniquement, il enregistra que l'un d'eux revenait souvent durant le dernier mois.

Il se terminait par 08.

La voix retentit. Elle se trouvait derrière le tympan, sans doute l'endroit où se situait la mémoire auditive... la voix de Dean Martin, celle du crooner. Pourquoi cet appel s'était-il conservé aussi précisément ? Sans doute parce qu'il avait été intrigué. Qu'avait répondu Hélène lorsqu'il l'avait interrogée ? Une histoire de kiné. Oui, c'était ça, le kiné avait téléphoné, avait-elle répondu. Il avait oublié, tout au moins l'avait-il cru et, à présent, tout resurgissait.

Sept fois. En l'espace de quinze jours, elle avait appelé sept fois. Il avait le détail devant lui. Or elle n'était jamais allée à un rendez-vous de kiné depuis son retour de l'hôpital. Si elle l'avait fait, on était venu la chercher, et elle ne lui en avait pas parlé.

Il prit une deuxième cigarette et la fuma sans plaisir.

Pourquoi le silence qui l'entourait était-il devenu différent ?

Tout avait une explication. Tout. Le problème était : était-il sage de la connaître ?

Répété sept fois, il avait devant lui le numéro : 0142791008.

Vas-y, Alan. Tôt ou tard, tu voudras savoir.

Il eut envie de s'accorder du temps, une soirée tranquille, il était seul, demain il retournerait au labo, après-demain il irait à l'université : son cours était prêt, mais ce serait bien de relire sa préparation.

Je recule, pensa Alan, pourquoi est-ce que je recule ?

Il devait se demander longtemps pourquoi il prit une si grande respiration avant de décrocher.

Il composa le numéro.

Quatre sonneries. Pendant qu'elles retentissaient, il pouvait entendre les battements profonds de son propre cœur.

— Cabinet Wertal, j'écoute.

Une femme. Il avait toujours cette foutue habitude de bâtir instantanément la personne à partir de sa voix.

Celle-là était une brune, la trentaine, jolie, disons piquante, enjouée, peu patiente, mais se rattrapant par une gaieté qui rôdait au fond de sa voix. Il ne devait pas être difficile de la faire rire. Un cabinet... mais un cabinet de quoi ? D'avocat ? De médecin ? D'architecte ? Ouvert le dimanche...

— Je m'appelle Alan Falken, je vous appelle de la part de l'une de vos clientes, Hélène Falken, mon épouse. Elle m'a donné une lettre pour vous mais a omis d'en écrire l'adresse. Pouvez-vous me l'indiquer ?

C'était tarabiscoté, peu crédible sans doute mais...

— 170, rue du Prétoire, c'est dans le 17e.

Elle n'avait pas eu une seconde d'hésitation.

— Voulez-vous notre e-mail, c'est plus facile de...

— Merci.

Il raccrocha.

Cabinet Wertal ? Jamais Hélène ne lui avait parlé de ça.

Le téléphone !

Il sonnait avec une violence qui le fit sursauter. Il ne se souvenait pas qu'il fût aussi strident. Il pensa que la fille devait le rappeler. Pourquoi ?

— Alan ?

C'était Hélène.

Il avait oublié un dossier, une couverture bleue... Il la rassura, cela n'avait pas d'importance. Oui, le voyage s'était bien passé, il y avait eu peu de monde, oui, la maison était toujours à sa place, non, il n'envisageait pas de sortir...

— Je me suis occupé des factures. Au fait, c'est toi qui as demandé que le détail des communications et leurs numéros figurent sur le relevé ?

— Non. Ils y sont ?

— Ce doit être une erreur.

Elle avait eu l'air surprise, mais déjà elle parlait d'autre chose. La soirée était splendide, elle regrettait qu'il ne soit pas là, Max-Max s'était endormi sur son assiette, épuisé par la journée. Elle l'embrassait, il lui manquait déjà.

Si cette femme a un amant, pensa-t-il, je ne croirai plus en l'humanité. Mais est-ce que je crois en l'humanité ?

La nuit allait tomber. Un dimanche soir de précoce printemps.

Où se trouvait exactement la rue du Prétoire, dans le 17e ?

J'y passerai un soir, se dit-il, en sortant du labo.

DOÑA PEREZ : Si le chrysanthème est la fleur des morts, la rose est celle du meurtre, c'est en elle que se respirent les parfums des poisons, en elle que se dissimulent les poignards des assassins. Éloigne ce bouquet de ma vue.

ALVEZ : Trop tard, Altesse, il y a plus de force dans le démon qui habite ces corolles que dans l'antre d'un nécromant.

DOÑA PEREZ : Je meurs, appelez la garde... Oh quoi, une rose aura donc suffi !

ALVEZ : Quitte ce monde, je prierai pour toi.

Lazarin de Montabello (1648-1701),
Le Serment de l'Infante, acte III,
extrait de la scène 5.

Wertal

Il y a plein d'endroits à Paris où on a l'impression d'être à Châteauroux, Alan l'avait souvent constaté. Il n'était d'ailleurs jamais allé à Châteauroux mais il imaginait que ce devait être comme ça.

C'était le cas de la rue du Prétoire. Des immeubles bas sur pattes, de vieux commerces, même une mercerie dont il pouvait, à travers la vitre, découvrir le mur de tiroirs à boutons. Qui pouvait encore avoir besoin de boutons ? Curieux de connaître le chiffre d'affaires...

Le 170 était une maison aussi provinciale que les autres. Il y avait gros à parier que les escaliers devaient sentir le chou-fleur. Ils avaient une tête à ça.

Pas de code. Une simple indication. Le cabinet Wertal était au second.

Alan n'avait rien préparé. Il aurait fallu qu'il sache quel genre de cabinet c'était. Les murs n'avaient pas dû être repeints depuis un demi-siècle. En fait, cela ne sentait pas le chou mais l'encaustique, ce qui était préférable quand on aimait l'encaustique plus que le chou... qu'est-ce qui lui prenait de penser à de telles conneries !

« Sonnez et entrez ».

Il sonna et entra.

La pièce était sombre. Un comptoir en occupait la plus grande partie. Derrière se tenait une femme. Celle, sans doute, qu'il avait eue la veille au téléphone. Elle était blonde, dans les soixante ans, pas jolie et pas piquante. Spinoza avait raison : l'imagination était bien la folle du logis.

Deux téléphones, un fax, un ordinateur, l'attirail habituel entourant les secrétaires.

— En quoi puis-je vous aider ?

Excellente question. En quoi, en effet ?

— Je voudrais voir M. Wertal.

Le sourire s'accentua.

— Certainement.

Trop facile. Tout glissait. Pas d'obstacles... D'ordinaire il était question de rendez-vous, on vous demandait vos nom, prénom, que voulez-vous, pourquoi, comment, remplissez ce formulaire en double exemplaire, et revenez dans trois mois...

Déjà une porte s'ouvrait, il entra.

Un type était à la fenêtre et se retourna.

Il devait y avoir, chez les êtres humains, une répartition des éléments permettant la séduction. Il ne dépassait pas un mètre soixante et avait un visage lourd, trop de chair et mal placée, un exemple parfait de laideur inintéressante, mais il y avait le sourire et la voix, celle du répondeur, chaleureuse, pleine, une voix d'opéra. À la loterie des avantages, il avait hérité de ça, le petit bonhomme.

— Je suis Wertal.

— Alan Falken.

— Je connais votre épouse.

Cela pouvait simplifier la conversation.

Le sourire de Wertal semblait permanent. Naturel mais permanent, mais un sourire permanent était-il naturel ? Comment cette bienveillance pouvait-elle être aussi totale ? Alan paria que même lorsqu'il dormait, il devait continuer à sourire.

— Vous semblez embarrassé...

C'était le moins que l'on pût dire. La situation ne pouvait plus durer. Alan abattit ses cartes.

— Écoutez, je sais que ma femme vous appelle régulièrement depuis quelque temps, et je voudrais savoir pourquoi.

Les sourcils de Wertal remontèrent.

— Vous ne savez pas qui je suis ?

— Non.

Alan eut l'impression que son interlocuteur allait s'exclamer, dire quelque chose dans le genre « eh bien, merde alors ! » mais il se contint et sa bonne humeur sembla s'accentuer.

— Nous entrons dans le domaine de la confidentialité, dit-il, mais je peux tout de même vous expliquer chez qui vous vous trouvez.

— Ça me rendrait service.

— Je suis Frantz Wertal, chef de clinique à l'hôpital Sainte-Anne, je suis médecin aliéniste, et je vous épargne la liste de mes spécialités. La seule qui pourrait vous aider, quand vous vous demandez ce que vous faites ici, est celle qui consiste, après un trauma cataleptique, à récupérer le patient et à supprimer, autant que faire se peut, les séquelles et les conséquences du dommage subi.

Alan eut conscience que, s'il voulait continuer à avoir l'air intelligent, il lui fallait parvenir à fermer sa bouche.

Il promena ses regards autour de lui. Les murs sans affiches, sans gravures, sans tableaux, l'absence de meubles, tout créait un vide que l'on sentait voulu.

— Et ici, qu'est-ce que...

Il n'eut pas besoin d'aller plus loin, Wertal le coupa :

— Vous êtes dans une cellule de soutien, c'est ici que s'effectue le suivi de l'évolution de nos patients, tout au moins lorsque ceux-ci en font la demande. En fait, peu font cette démarche, la plupart du temps la volonté d'oublier est plus forte que le principe de précaution qui consiste en quelques obligations d'observations légères qui...

Un bavard. Il était lancé et il ne s'arrêterait plus.

— ...mais la plupart du temps ceux-ci ne réapparaissent et ne nous donnent signe de vie que si un incident sérieux se produit, ou si leur inquiétude devient insupportable. Nous avons cependant des sujets qui...

Qu'est-ce que tout cela avait à voir avec Hélène ? Elle était venue ici, s'était assise sur la chaise où lui-même se trouvait en cet instant, et devant elle le sourire professionnel et constant de Frantz Wertal. Pourquoi ? Il allait falloir jouer serré.

— Je vais être franc avec vous, Hélène m'a caché votre existence, j'ignore tout des raisons qui l'ont amenée à venir vous voir. Je ne sais qu'une chose : elle souffre de ne pas pouvoir m'en parler, je la sens parfois prête à le faire, mais elle recule à la dernière seconde. Nous avons pourtant des rapports de grande complicité...

Alan continuait à parler et, en s'écoutant, il pouvait se rendre compte de l'inanité de ses formules, « une grande complicité... » : qu'est-ce que cela avait à voir avec la lumière accentuée de son regard lorsqu'il croisait le sien, avec son sourire, avec la douceur de ses mains sur ses joues, avec l'arrondi de ses hanches... Il empruntait le langage des télés, le tout-venant du supermarché, le langage soldé... Tout en parlant, il se dit qu'il était sur la bonne voie, que si ce type pouvait être touché, c'était par l'inquiétude d'un mari prêt à tout entendre, et la souffrance d'une femme qui ne pouvait pas parler.

Le sourire de Wertal avait baissé d'intensité.

— Je suis conscient, et si je ne l'étais pas je serais dans l'erreur professionnelle, que les obligations de discrétion, plus exactement de silence, auxquelles nous sommes tenus peuvent se révéler dans certains cas totalement préjudiciables à ceux dont nous sommes en charge... Cela devient patent dans le cas où le cadre familial est, ou pourrait être, une source d'appui, voire de guérison pour le patient... Permettez-moi de vous interroger : comment se porte Hélène ?

— Mentalement ? C'est parfait. Je veux dire par là que tout va bien.

— Elle ne vous a jamais fait part de troubles qui parfois...

Qu'est-ce que ce type racontait ? Si quelqu'un possédait un équilibre infernal, si un être humain était accroché au réel et avait les deux pieds ancrés sur cette vieille planète, c'était bien Hélène.

— De quels troubles voulez-vous parler ?

Wertal eut un geste de la main, comme pour chasser une mouche. En fait, il y avait une mouche qui volait autour de lui, ce devait être à ça que l'on reconnaissait un psychiatre : s'il se grattait l'aile droite du nez, c'est qu'elle lui démangeait, ces types ne faisaient rien gratuitement, par tic ou par inadvertance.

— L'histoire est simple, dit Wertal, je vous la résume en quelques mots, votre femme complétera, c'est mon souhait. Voici...

Il y avait un dossier quelque part concernant Hélène, il devait se trouver dans un fichier, mais l'homme n'en avait pas besoin.

— Dans les années quatre-vingt, je ne me souviens pas de l'année avec exactitude, votre femme qui s'appelait à l'époque Hélène Rosco vit aux États-Unis où elle suit des cours à l'université de Princeton.

Vrai. Hélène avait réalisé là-bas un mémoire sur

l'évolution de l'économie agricole américaine. Le titre en était très long et il faisait également référence à des techniques modernes de distribution : Alan se souvenait de l'avoir lu, c'était bourré de graphiques, de chiffres, de schémas, la marge interactive entre la prolifération exponentielle des super- et hypermarchés et la production d'agrumes californiens. Lorsqu'il l'avait rendu à Hélène, elle lui avait demandé ce qu'il en avait pensé et il se souvenait de lui avoir répondu : « C'était bien mais je me doutais que c'était le shérif qui avait fait le coup ! »

— C'est au cours de son séjour qu'elle se laisse entraîner, lors d'une soirée, à expérimenter avec des amis des préparations concoctées par l'un d'entre eux : leur absorption provoquera chez deux personnes des malaises nécessitant une hospitalisation d'urgence qui durera, pour l'un trois jours, et cinq pour l'autre.

Ça, c'était neuf, elle lui avait parfois raconté qu'il y avait eu quelques nuits chargées, qu'elle avait tenté à deux reprises la poudre d'ange et le LSD, mais elle semblait n'avoir retenu de ces moments que des migraines ophtalmiques sérieuses, une vision troublée, des envies de pisser irrésistibles et un mal-être général.

— Et pour Hélène ?

Wertal lissa du plat de la main la surface polie du bureau.

— Elle a connu un coma de dix-huit jours.

Alan encaissa. Jamais Hélène n'avait fait la moindre allusion à cet accident.

— Le problème, poursuivit Wertal, est, dans ces cas-là, de connaître exactement la nature et, si possible, l'origine des substances ingérées. Ce ne fut pas le cas, les cocktails pris ce soir-là par votre épouse étaient des mélanges dont la dose des composants variait, et même si l'on a pu découvrir qu'il s'agissait essentiellement de mélanges de LSD et d'extraits de champignons mexicains, il a fallu la soigner en espérant que le hasard ferait bien les choses. Il se trouve que c'est ce qui advint, elle est revenue à elle sans séquelles conséquentes : aucune paralysie, aucune détérioration sensible des manifestations kinesthésiques ni des centres moteurs. Elle a pu regagner la France seule, et sur ses deux jambes.

Alan intervint :

— Si elle était guérie, pourquoi intervenez-vous dans l'histoire ?

Wertal croisa les doigts.

— Qui vous a dit qu'elle était guérie ?

La salive sécha dans la bouche d'Alan. Qu'est-ce qu'il voulait dire ? Hélène était la femme la plus gaie, la plus joyeuse qu'il ait connue, elle sifflait sous la douche, dormait comme un loir, adorait l'amour, l'omelette au fromage, le tango argentin, le jaune des tulipes, les drames d'Ibsen, les...

— Je crois qu'au point où nous en sommes, il est bon que vous connaissiez la suite. Je suis, en vous la racontant, en totale opposition avec les règles déontologiques de ma profession, mais je peux les secouer, voire les transgresser, si vous devenez une aide dans le processus engagé. Je suppose que vous cherchez à ce que votre femme soit heureuse ?

— Expliquez-vous davantage. Je ne vois pas ce que je peux apporter à...

Alan eut la sensation de nager à nouveau. Qu'est-ce que c'était que cette histoire de bonheur ? Et pourquoi ce type, qui était un scientifique, employait-il ce mot-là, alors qu'il ne faisait pas partie du vocabulaire usuel des psy ?

— Monsieur Falken, votre femme souffre encore, à intervalles de plus en plus éloignés, de ce que, pour simplifier, je pourrais appeler la psychose de l'instant.

Alan fronça les sourcils.

— Qu'est-ce que c'est ?

— Je vais essayer d'être clair : il s'agit d'une psychose non psychotique.

— Parfait, dit Alan, je suppose que c'est ce que vous appelez « être clair ».

Superbe sourire : Wertal avait conscience de ses dents magnifiques, il devait se les faire émailler et les frotter au liquide vaisselle chaque matin...

— Excusez-moi, je vais tenter d'être plus simple. Sous l'empire d'une émotion plus forte, d'une fatigue passagère, voire tout simplement d'une association d'idées, votre épouse peut entrer dans un état de délire, durant une période qui peut aller de quelques fractions de seconde à une dizaine de minutes.

Envie de cigarette. Terrible envie de cigarette.

— Et ce délire se manifeste comment ?

Wertal examina soudain les ongles de sa main gauche. Il avait dû remarquer quelque chose d'exceptionnel, peut-être le surgissement d'un sixième doigt.

— Des hallucinations, dit-il. Tout se passe comme si les substances hallucinogènes qu'elle a ingurgitées avaient un effet retard.

L'air n'entrait plus dans les poumons d'Alan : on avait coupé l'arrivée, le même effet que lorsqu'il avait fait de la boxe pour la première fois, entraîné par un copain, il était tombé en garde devant un gringalet qui avait feinté, frappé, et il s'était retrouvé assis, poisson sur le sable, cherchant à retrouver l'élément naturel...

— Mais c'est de la folie, s'exclama Alan, elle n'a jamais...

— Ce mot ne veut plus rien dire depuis un demi-siècle, dit Wertal, votre femme n'est pas folle et ne l'a jamais été, elle peut simplement pénétrer, durant des périodes très brèves de son existence, à l'intérieur d'un véritable mirage. Dans la mesure où ces crises sont courtes et exceptionnelles, elles ne représentent aucun danger, sauf...

Un art du suspense, le docteur Wertal... sauf quoi ? Il allait bien finir par le dire.

— Sauf si elle pénètre dans une de ces phases imaginaires au moment où sa survie dépend de son attention aux événements se déroulant dans le monde réel.

La voiture. Bien sûr, c'était cela, lorsqu'elle était partie chez sa tante, l'accident était dû au fait que... Bob ou l'hallucination de Bob ?

Alan se leva si violemment qu'il renversa la chaise sur laquelle il était assis.

— Je vous tiens au courant, dit-il, merci de votre aide.

— Je peux compter sur votre discrétion ?

— Entièrement.

Il passa en trombe devant la secrétaire et sortit.

Il lui fallait parler à Hélène, était-il possible qu'elle ait tout imaginé ?

Elle avait eu auparavant d'autres crises, elle saurait peut-être faire la différence, lui dire si ce putain de rosier était vraiment présent ce soir-là dans la voiture, ou si tout cela n'était dû qu'à son cerveau malade.

Il s'en voulut : au fond, il ne se souciait de cette histoire que parce qu'il voulait savoir la vérité sur Bob, mais Hélène passait au second plan... Qu'elle ait connu un coma profond, qu'elle en ressente encore des troubles, tout cela comptait moins qu'une découverte scientifique, il était un salaud, indéniablement.

Il roulait vers chez lui. Qu'est-ce que le discours du médecin allait changer ? Surveiller Hélène d'un peu plus près, ne pas la laisser conduire seule dans la voiture, l'obliger à consulter Wertal, ce ne serait pas facile, mais il devrait y parvenir.

Les femmes avaient toujours un secret, même pour l'homme qu'elles aimaient, surtout pour lui, sans doute. Pourquoi ne lui avait-elle pas raconté cette histoire, qu'est-ce qui l'avait retenue ? La honte ? La honte de quoi ! D'avoir un soir perdu les pédales en ingurgitant des saloperies toxiques ? L'époque s'y prêtait, le milieu aussi, il y avait des apôtres des drogues dures, des gourous vantaient les mérites du LSD, du peyotl, de tout ce qui pouvait embrumer ou désembrumer le cerveau. Peut-être avait-il dit un jour qu'il trouvait cela très con, ce qui était d'ailleurs toujours exact, et elle n'avait pas osé lui raconter qu'elle avait été, un moment, cette folle idiote qui avait cru découvrir le Bien, le Beau, le Vrai, l'Art, la Pensée, Dieu, le Diable, le Sexe et bien d'autres choses encore au fond d'un verre, d'un fourneau de pipe ou d'une seringue. Possible. Mais comment ne s'était-il rendu compte de rien pendant toutes ces années...

Le printemps à Paris... en traversant la capitale, Alan s'aperçut que des terrasses s'étaient ouvertes comme des fleurs. C'est ainsi que, dans les villes, devaient s'annoncer les beaux jours : une éclosion de tables, de chaises, le reflet des premières feuilles dans les vitres des autobus, et les jambes des femmes soudain présentes dans les rues...

Il roula encore et eut envie de n'être qu'un de ces hommes installés devant un demi de bière, parcourant le journal du soir avec, au-dessus de leur tête, le bleu du ciel et le vol des moineaux. Un homme sans secret, sans problème, comme avenir le repas du soir, le film à la télé et les géraniums du balcon à arroser... après tout les vies simples étaient peut-être les vies heureuses. À force de travail, d'acharnement, de persévérance, il s'était placé en marge sans s'en être aperçu, cela s'était produit insensiblement : un savant, voilà ce qu'il était devenu. Avec une femme par moments cinglée, un copain assassiné et...

Et Jim ?

Qu'est-ce qu'il foutait, Jim ? Il avait dit qu'il téléphonerait mercredi ou jeudi, et on était vendredi. Il avait le numéro de son portable, il aurait pu au moins prévenir qu'il avait du retard ou un empêchement.

Bizarre.

Il gara la voiture devant chez lui – il avait toujours eu la flemme de manœuvrer pour la rentrer dans le garage – puis il ouvrit la porte. Le répondeur clignotait, c'était Hélène. Elle serait là demain avec le gosse. Sa mère les ramenait sur Paris, le temps avait changé et elle s'ennuyait.

Elle serait là demain en fin d'après-midi.

« On appelle force protomotrice la capacité pour un système membranaire à effectuer un travail chimique en utilisant le transfert transmembranaire des protons. Il ne s'agit pas d'une force au sens mécanique mais d'un potentiel, exprimé en volts. La f.m.p. a une composante osmotique (résultant de la différence de concentration en protons) et une composante électrique (résultant de la différence de potentiel électrique entre les deux côtés de la membrane). »

André Brach et Paul Mathis,
La Chimie du vivant.
De la protéine à la photosynthèse.

Hélène

— Je n'ai aucun souvenir, pas un visage, j'ignore même si la chambre avait ou pas une fenêtre. J'ai compris que j'étais restée longtemps dans le cirage parce qu'il y avait un type en nylon vert qui courait partout et bipait sans arrêt en me regardant, comme si je sortais en sifflotant d'un volcan en fusion. J'ai pensé, à ce moment-là, que je m'étais évanouie deux bonnes heures, ce n'est que le lendemain qu'ils m'ont appris que je m'étais mise en congé pour presque trois semaines. Un réflexe d'ancienne salariée. De vraies vacances. J'avais tout de même perdu sept kilos. On m'alimentait par sonde mais ils devaient chercher à faire des économies. C'est à partir de là que j'ai subi une batterie de tests, un véritable bombardement. Ils voulaient savoir si les centres cérébraux étaient atteints : j'ai eu droit à tout, un déluge, j'ai coché plus de cases en trois jours que durant toute une vie, j'ai fait des puzzles, des exercices à trous, des problèmes utilisant un vocabulaire mathématique ou usuel, bref, la totale... Ils ont mis huit jours avant de me relâcher, ils craignaient ce qu'ils appelaient des résurgences inopinées. Ça me faisait rire. J'avais tort.

Alan changea de position et replaça son pied gauche sous sa fesse droite. Ils se trouvaient dans le salon et c'était le soir.

Il avait attendu trois jours après qu'il eut vu le psy. Il avait attaqué dès le coucher de Max-Max, il s'était surpris lui-même d'être si direct.

— J'ai rencontré Wertal.

Elle avait paru aspirer une longue bouffée d'air et ses yeux avaient plongé dans les siens.

— Il t'a raconté ?

Pas la moindre tentative pour poser le genre de questions qui n'auraient eu d'autre effet que de retarder l'aveu. Pas de « et comment tu l'as su ? ». Pas davantage de dénégations. Tout de suite, elle avait raconté la soirée du 13 mars 1982, les cocktails et la chaleur brutale qui était montée après qu'avec un chalumeau elle avait reniflé une poudre teintée qui avait l'apparence de la cendre... la chaleur et puis cette main sur la nuque si soudaine qu'elle s'était retournée brusquement, persuadée que quelqu'un venait de lui broyer les vertèbres, il n'y avait personne et la panique était montée. C'est à ce moment-là qu'elle avait vu l'amie avec laquelle elle était venue s'écrouler sur la moquette. Un ralenti de cinéma. Après, elle ne se souvenait plus, après, c'était le réveil, la chambre d'hôpital...

— Et ces résurgences, elles ont eu lieu ?

— Quelquefois.

Elle ne pouvait fournir un chiffre avec précision parce que, dès sa sortie, elle avait subi des sortes d'apparitions quasi instantanées : elle se promenait dans une avenue, et d'une rue adjacente sa grand-mère apparaissait, une vieille dame morte depuis quinze ans... alors qu'elle faisait la queue devant un cinéma, un homme devant elle se retournait et lui souriait, c'était son père, mort également, ou quelqu'un qui, elle le savait, ne pouvait pas être là pour toutes espèces de raisons... Hélène était lancée à présent, elle avait l'air heureuse, soulagée de confier ce secret qui avait duré presque vingt ans.

— Cela m'est arrivé quelquefois en ta compagnie... la première fois à Fontainebleau, dans les jardins.

C'était quelques jours après leur rencontre. Ils se baladaient autour du grand bassin, elle portait une robe bleue, superbement démodée, il en avait conçu une admiration sans bornes, cette fille se foutait de son apparence... de toute façon, balancée comme elle était, elle pouvait s'habiller avec les fringues de sa trisaïeule ou en scaphandre, cela n'avait aucune importance.

— Qu'est-ce qui s'est passé, à Fontainebleau ?

— Mon cousin. Il nous a suivis cinq bonnes minutes. Il allait d'un arbre à l'autre, il penchait la tête et souriait.

— Et tu sais, dans ces cas-là, si cette apparition est une hallucination ou une réalité ?

— Oui.

— Comment le sais-tu ?

— Pour mon cousin, il était difficile d'admettre qu'en l'espace d'un dixième de seconde, il pût se trouver derrière des troncs séparés de plus de cinquante mètres... je ne panique pas, je sais que c'est un phénomène hallucinatoire, j'ai appris à vivre avec.

— Et pour Bob ?

Elle marqua le coup.

— Pour Bob, je ne sais pas.

— Explique-toi.

— Les repères m'ont manqué. Lorsqu'il s'agit d'êtres humains, je peux savoir s'ils sont réels ou pas, dans le cas de Bob, c'est autre chose.

Alan prit son élan.

— Je voudrais avoir ton impression, simplement ton impression. Pourrais-tu affirmer aujourd'hui que tu as été agressée véritablement par une plante, au cours de ce voyage ?

Elle ferma les yeux. Des rides s'étaient formées, les fameuses pattes-d'oie. Il les aimait.

— Non, dit-elle, je ne peux pas l'affirmer.

— Tu penses que, durant cette nuit, Bob a pu n'être qu'une hallucination ?

— Oui, c'est une possibilité, je...

Elle s'interrompit. Pourquoi hésitait-elle ?

— Vas-y, poursuis, intervint Alan, la moindre indication peut être importante.

— Je n'avais pas eu de crise de ce genre depuis plus de deux mois. Mais je savais que ce n'était pas fini. Wertal m'avait expliqué que le rythme des apparitions baisserait régulièrement jusqu'à disparaître, c'est du moins ce qu'il prévoyait, et deux mois, c'était beaucoup de temps...

— Donc, il y a pour toi plus de chances que ce soit une hallucination plutôt que la réalité.

— On peut dire ça.

— Donne-moi une approximation...

Elle se mit à rire.

— Tu es marrant, toi, ce n'est pas mesurable, disons soixante pour cent.

— Soixante pour l'hallucination ?

— Oui.

Alan hocha la tête. Il était un idiot, un idiot complet, une sorte de Professeur Tournesol, de docteur Nimbus... On ne se demandait jamais pourquoi, dans la culture populaire, parmi les mythes véhiculés les plus répandus se trouvait celui du savant distrait, vaguement ou totalement ridicule... Lui avait la réponse : c'était que le savant pouvait véritablement être ainsi. Flammarion croyait au surnaturel, aux maisons hantées, aux fantômes, aux relations avec le monde de la mort, et il avait été l'un des plus grands astronomes de son temps. Les exemples ne manquaient pas. Lui-même avait cru à cette fleur vivante, mouvante, itinérante, méchante... Il avait cru l'invraisemblable, ce qui n'était au départ qu'une hypothèse scientifique, mais il n'avait pas su discerner le piège tendu, en bon naïf qu'il était.

Il rafla le verre de whisky et traversa le salon. La porte-fenêtre était grande ouverte et il passa dans le jardin.

Il pouvait à présent se raconter l'histoire depuis le début.

Elle commençait par sa rencontre avec Antoine.

Un malade qui avait donné le change, qui l'avait roulé dans la farine depuis le début. Un garçon qui, à près de quarante ans, jouait aux billes toute la nuit, qui avait truqué, menti jusqu'à s'inventer des diplômes qu'il n'avait pas, qui avait rôdé la nuit dans son jardin, tué des oiseaux, son chat, tenté d'étrangler Max-Max... Et puis Hélène, dont il ignorait qu'elle était sujette à des apparitions, et qui avait imaginé ce scénario... Il avait foncé dans tout cela, avait étayé le tout par un pseudo-raisonnement scientifique. Il pouvait toujours se dire que les circonstances avaient joué contre lui, qu'il avait été victime du hasard, d'une rencontre entre deux folies, mais il aurait dû être plus clairvoyant, plus perspicace. Au fond cette découverte l'aurait flatté, il en aurait reçu des éclaboussures, la notoriété, le directeur de recherches responsable d'un programme entraînant la modification de la face du monde... Eh bien, voilà, il fallait bien l'admettre : hors de la terre nourricière, les roses continueraient à vivre l'espace d'un matin.

Alan en était à la fois soulagé et triste. La nature suivrait longtemps, suivrait toujours les lois fondamentales, jusqu'à ce que, dans quelques millions d'années, la planète disparaisse, jusqu'à ce que l'humanité et la vie terrestre achèvent leur aventure passagère, jusqu'à ce qu'un soleil épuisé leur retire la source de l'existence.

Cela méritait bien une cigarette...

Par la porte-fenêtre, il entendit la voix du présentateur de la météo. Il ferait beau toute la semaine, soleil sur toute la France. Il en ressentit un contentement. Il avait cours demain, ce seraient bientôt les derniers semaines de l'année universitaire, avec les embouteillages le soir sur le périphérique, Hélène l'accueillerait en souriant, Max-Max courrait vers lui lorsqu'il arriverait.

Il jeta le mégot, se sentit étrangement bien et pensa que l'anniversaire de son fils était proche, il se promit de réaliser le rêve de l'enfant : lui offrir un chien pour qu'il oublie son chat... Le monde avait parfois des moments de perfection.

« Celui qui sait contempler le cœur d'une rose et réussit à s'y engloutir pour en connaître les moindres replis, celui-là connaîtra tôt ou tard le grand secret de l'univers. À son étonnement, il y trouvera le degré absolu de l'horreur. »

Cité dans *Le Livre de la Vérité*,
auteur anonyme,
VIIIe siècle du calendrier thaï.

Rexmond

La réunion au sommet des trois responsables internationaux eut lieu hors des établissements, pour des raisons de confidentialité. Bien que l'entreprise Rexmond possédât un service de sécurité haut de gamme qui permettait de détecter la présence de micros miniaturisés, il sembla préférable à Merchant et à ses collègues de se retrouver en plein air, dans un coin plus discret de la planète.

La rencontre eut lieu le 30 juin sur une plage de l'Atlantique, au Pays basque, à la veille des vacances.

À dix-sept heures, heure locale, quatre hommes convergèrent les uns vers les autres. Le soleil se voilait parfois et le vent soufflait, cela expliquait qu'ils portaient tous quatre sur des tee-shirts ou des chemises des anoraks de couleurs différentes et de tons assez ternes. Ils ressemblaient à quatre copains se baladant à la limite des vagues, à l'endroit où les coquillages déposés par la mer craquent sous les bottes. Cinq kilomètres de plage pratiquement déserts. Trois portaient des casquettes, deux d'entre elles arboraient le sigle N. Y. Deux avaient des jeans usagés, les deux autres des pantalons de toile légère à poches multiples.

Le service de sécurité était composé de quatorze hommes et trois femmes disséminés le long de la route bordant la plage, dans des voitures de location de cylindrées modestes. On pouvait reconnaître deux Twingo, une Peugeot 206, une Chrysler Voyager en mauvais état et une Honda Accord datant de plus de dix ans. Tous les moteurs surgonflés permettaient des démarrages éclairs et des vitesses supérieures à trois cents kilomètres à l'heure.

Les spécialistes qui surveillaient le groupe des quatre avaient été sélectionnés pour leurs bons résultats à des concours portant sur la protection rapprochée. Lorsque le groupe se forma en contrebas sur la plage, la plupart achetaient ou suçaient déjà des glaces, ils étaient tous armés d'un pistolet 9 mm Vektor au design futuriste, une arme compacte à la carcasse en polymères, comportant treize balles dans le chargeur. L'arme ne pesait que sept cents grammes et ne pouvait être décelée ni dans un blouson, ni dans une veste ample, ni, a fortiori, dans une parka.

Parmi les quatre hommes, trois appartenaient donc à Rexmond et en étaient les dirigeants, le quatrième était le directeur de l'unité de recherche du Pentagone spécialisée dans les armes chimiques. Ce personnage avait une particularité : il n'avait jamais été photographié de sa vie, et sa fiche d'identité n'existait pas, il possédait quatre passeports, tous parfaitement authentiques, à des noms différents. Le cliché figurant sur ces documents n'était pas le sien mais celui d'un sosie. Les trois autres l'appelaient Bert, ce qui n'était pas son prénom véritable qu'il avait d'ailleurs oublié.

Sur le plan hiérarchique, Merchant est le dernier maillon de l'état-major de Rexmond. Les deux autres sont les chefs suprêmes, chacun pèse un nombre de millions de dollars bien supérieur au montant de la dette extérieure de n'importe quelle nation d'Amérique latine, Brésil compris. Leurs interventions publiques, qu'elles soient télévisuelles, radiophoniques ou écrites, sont rarissimes. Anthony Soanes a parlé pour la dernière fois sur CNN en 1976, il y a plus de vingt-cinq ans. Burt Brenton a fait une apparition, il y a trois ans, sur une chaîne privée allemande au cours d'un débat contradictoire concernant l'utilisation des OGM dans l'agriculture vivrière. Ses trois interventions n'ont pas dépassé sept minutes et ont longtemps été considérées comme un modèle parfait de langue de bois, un exemple de rhétorique à étudier dans les écoles lors d'une leçon intitulée « Comment parler pour ne rien dire, ou comment noyer le poisson ».

Les quatre savent comment leur promenade va se terminer : ils se retrouveront dans une chambre de l'hôtel des Flots, la 12. Ils se déshabilleront entièrement et chacun examinera le corps et les habits des trois autres pour s'assurer qu'il n'existe aucun matériel d'enregistrement. À l'exception de Merchant, ils regagneront l'Amérique le soir même. Ils resteront nus un moment, dans une ambiance de vestiaire d'après-match. Un appareil portatif ultraléger, le Protect 112, auquel tous seront soumis, permettra de savoir si aucun dispositif sous-cutané n'est présent à l'intérieur du corps de chacun.

— À vous, Bert.

Bert enfonce ses mains dans les poches de son coupe-vent.

— Je crois pouvoir affirmer...

Les trois autres sursautent et Bert se reprend avec un sourire :

— Excusez-moi. Je peux assurer que tout risque de fuite est à présent circonscrit.

Les trois autres se détendent.

— J'ai eu peur, dit Soanes, j'ai cru que nous nous trouvions dans un débat télévisé ou devant une chambre d'accusation.

Merchant et Brenton sourient. Bert sort un cigare

italien bon marché et mord dedans. Il sait qu'il ne l'allumera pas, cela fait quatre ans qu'il ne fume plus.

— Passons à ce détail, dit-il : le meurtre d'Antoine Bergaud a été classé. Il s'agit pour la police d'un crime crapuleux, le 27e de l'année, perpétré dans des circonstances équivalentes : sortie de boîte d'une victime solitaire et éméchée. L'exécutant, qui fait partie de nos services, est un professionnel en la matière. Aucun risque de ce côté.

— Venons-en à Alan Falken, dit Soanes.

C'est le plus inquiet des quatre. Le plus scrupuleux, celui à qui il faudra servir le plus de détails, Bert l'a compris, et c'est surtout à lui qu'il s'adressera, conscient que, Soanes rassuré, les deux autres le seront aussi.

— Nous avions évidemment la possibilité d'éliminer Alan, dit-il, mais le danger était trop grand, nous n'aurions pas pu intervenir dans l'enquête qui aurait été menée par la police française. Un chercheur assassiné aux États-Unis, son chef direct victime d'un faux accident à Paris, cela aurait fait beaucoup, Rexmond aurait été sous les feux de la rampe. L'opération que nous avons décidé de mener, et qui l'a été avec une réussite totale, était plus complexe, mais avait le mérite d'offrir plus d'avantages. Elle n'a fait intervenir que quatre personnes.

Les nuages filaient au-dessus d'eux. Sur les rochers d'une digue naturelle perpendiculaire à la plage, un groupe de mouettes semblait les attendre dans une immobilité passagère.

— La vieille dame occupant l'appartement sous celui d'Antoine Bergaud n'a pas été très difficile à convaincre. Contactée par nos agents, il lui a suffi de raconter une histoire de billes. Elle a parfaitement joué son rôle, aidée en cela par cinquante mille dollars, somme qu'elle n'a pas discutée. En cas de surenchère, nous aurions suivi, aucun plafond n'ayant été fixé, mais cela ne s'est pas produit.

— Le père ? murmura Soanes.

— Il s'est révélé un collaborateur efficace, d'autant plus efficace que les deux hommes ne s'aimaient pas. Il nous a coûté plus cher que la voisine, le double exactement, mais son rôle était plus intense. Il a brossé de son fils un portrait qui a fait douter Alan, il a parlé d'enfance traumatisée, de meurtres d'oiseaux. Quant à la falsification des diplômes, elle n'a pas posé de difficultés majeures, nous avons pour cela un personnel hautement qualifié, M. Merchant n'a eu aucun mal à persuader Alan de leur inauthenticité.

— Exact, dit Merchant, une demi-heure difficile tout de même, je n'en menais pas large, mais mon interlocuteur a couru droit dans le panneau.

— Et l'épouse ?

— C'était le gros morceau.

Toutes les mouettes s'envolèrent d'un coup, droit dans les vagues courtes. L'une d'elles s'écarta et survola le groupe des quatre hommes, une croix blanche qui plana, immobile sur fond de ciel bleu. Merchant la suivit du regard. La paix. L'éternité. La création. Le cosmos. Pourquoi la vision des oiseaux de mer lui faisait-elle toujours cet effet-là ?

— L'argent n'était pas la solution, poursuivit Bert, nous la savions trop attachée à son mari pour le trahir contre de l'argent, mais la transaction a été encore plus simple : ou elle jouait le jeu ou on découvrait son mari avec une balle dans la nuque. Cela ne nous aurait pas arrangés, mais elle non plus. Elle a accepté.

— Cela s'est passé comment ?

— Un montage assez astucieux. Il fallait que ce qu'elle avait raconté passe pour un délire hallucinatoire. Nous avons d'abord pensé à de l'alcool, mais cela n'aurait pas collé, elle ne boit pas ou peu, il a fallu trouver autre chose. Nous avons fait croire à Alan que sa femme avait eu, par le passé, un accident cérébral ayant entraîné des séquelles parapsychotiques.

Soanes fronça les sourcils.

— C'est elle qui le lui a révélé ?

— Non, dit Bert, nous sommes arrivés à lui faire croire qu'elle le lui avait caché. La révélation, qu'elle a confirmée par la suite, a été faite par un faux psychiatre appartenant au service psychologique de la CIA.

Brenton hocha la tête.

— Et vous ne craignez pas qu'un soir, sur l'oreiller, elle craque et raconte l'histoire ?

— Elle est sous surveillance permanente : si nous nous apercevons d'une façon ou d'une autre que son mari est au courant, elle sait qu'elle signera du même coup son arrêt de mort. Elle tiendra sa langue, c'est une femme de tête, elle a parfaitement compris la situation et ne se laissera aller à aucune confidence. Elle craint également pour son enfant.

Soanes eut une grimace.

— Vous y avez fait allusion ?

— Très légèrement.

Crapule. Ce type était une crapule mais il était rassurant de travailler avec lui. Bert ne laissait rien au hasard. Jamais.

— Parfait, dit Brenton, pouvons-nous conclure que tout risque de dévoilement concernant notre affaire est circonscrit ?

Bert cracha son cigare et l'écrasa dans le sable : pour ceux qui le connaissaient, cela signifiait que l'entretien était terminé et qu'il n'y prendrait plus part.

— Totalement. Il y a eu toutefois un incident qui, lui aussi, a été réglé.

— Jim Verlop, dit Merchant. C'est l'un de nos employés de Rexmond. Un ami d'Alan. Il occupe le même poste que lui dans l'unité de recherche américaine. Il a su quelque chose que nous ignorons...

Soanes l'interrompit :

— Ils se sont contactés ?

Bert s'accroupit, ramassa une poignée de sable et la fit couler entre ses doigts.

— Il a déposé une demande de congés anticipée pour se rendre à Bornéo, mais, évidemment, il pensait faire un détour par Paris afin d'y rencontrer son ami.

Ceux de la sécurité s'immobilisèrent à leur tour. L'arrêt n'était pas prévu, il avait été convenu que les quatre ne s'arrêteraient pas. Il y eut un instant de flottement.

— Comment avez-vous opéré ? demanda Brenton.

— Son congé lui a été accordé. Il se trouve actuellement aux Bahamas. C'est notre dépense la plus élevée.

— Combien ?

— Un million de dollars net et sa retraite quadruplée s'il la prenait tout de suite, ce qu'il a fait.

— Cela suffira ?

— J'ai mené les négociations personnellement, dit Bert, cela suffira. Nous avons, de plus, déterré une vieille histoire de mœurs qu'il ne tient pas à voir resurgir.

Lentement, tous se remirent en marche. Ils se taisaient, à présent. L'efficacité de Bert avait, une fois de plus, fonctionné.

— Le secret ne pourra pas être gardé trop longtemps, dit Soanes, même avec toutes ces précautions. Un jour ou l'autre il sera percé mais nous avons besoin d'un peu de temps. Très peu...

Il se tourna vers Brenton qui répondit à son interrogation silencieuse.

— Deux ans, dit-il. Au maximum deux ans. Je pense que dix-huit mois suffiront, mais il vaut mieux prévoir le pire, des retards dans l'expérimentation, et surtout dans le décryptage de leurs résultats, restent toujours possibles. Jusqu'à présent nous respectons le timing du programme fixé.

C'était exact. Sous des couvertures diverses, le gouvernement américain s'était rendu acquéreur de quatre emplacements, tous situés dans des endroits désertiques et facilement contrôlés par les autorités militaires. L'un était dans l'Alberta, l'autre au Nouveau-Mexique, un troisième en Arabie Saoudite, pays avec lequel les États-Unis entretenaient les meilleures relations, le quatrième dans l'Antarctique, non loin de la zone internationale. C'est dans ces lieux que les usines seraient implantées. Rapidement opérationnelles, ce seraient elles qui fabriqueraient le produit qu'Antoine avait inventé.

Les quatre hommes continuèrent leur promenade deux par deux. Merchant se trouvait près de Brenton, leurs épaules se frôlaient et le tissu synthétique de leurs parkas produisit à plusieurs reprises un crissement acide.

— L'arme absolue, murmura Brenton. Cette fois-ci, nous la tenons. Il y a eu tellement d'espoirs déçus...

Merchant opina. Il avait longtemps réfléchi à la question. Il n'était pas certain que tout cela ne tournerait pas à la catastrophe. Ils avaient soulevé le couvercle de la marmite, pas sûr qu'ils sachent le refermer, et si le contenu débordait il était possible qu'il submergeât le monde. C'était un risque, un risque mortel, mais il devait le garder pour lui. Ceux qui l'entouraient pensaient, au mieux, aux profits à réaliser, au pire, à un projet expansionniste rendu possible par la première guerre végétale de l'histoire de l'humanité. Il savait que, déjà, divers scénarios étaient rédigés, et que les hommes qui les imaginaient n'avaient pas la réputation de reculer devant les hécatombes, elles étaient envisagées...

Les mouettes, toujours.

Un après-midi du début de l'été 2003... Demain les vacances, les terrasses du front de mer seraient pleines, des femmes passeraient, leurs robes danseraient dans le soleil... Des rires d'enfants dans le clapotis des vagues, une douceur, un bien-être dans la lumière et la chaleur. Seuls les imbéciles pouvaient penser que tout cela était éternel. Là-bas, à l'autre bout de la planète, se préparait un avenir menaçant : les noirs cavaliers de l'apocalypse, toujours eux, toujours galopant, le tonitruant silence des sabots de leurs montures, les squelettes de fin du monde... ils naîtraient de l'horizon.

Merchant alluma une cigarette. Rexmond, dans l'affaire, avait gagné un client, unique mais de taille, le Pentagone. Il y avait des budgets que l'on ne refusait pas, d'autant que l'on était obligé de les accepter. Bert et ses hommes ignoraient jusqu'au sens du mot « scrupule ». Leur monde était un monde sans pitié, compliqué, compréhensible uniquement en termes de rapports de force. Il avait eu accès à quelques textes top secret depuis la signature des accords entre l'entreprise et l'armée. Le premier objectif serait la Chine, elle représentait une menace grandissante, étant donné son coefficient de développement et la puissance de ses armes aériennes, navales et terrestres. Auparavant, il faudrait expérimenter les effets de la nouvelle arme : c'est le territoire australien qui avait été choisi.

L'arme que Rexmond fabriquait ne pouvait, dans l'état actuel des choses, avoir des résultats quantifiables. Il y aurait, après pulvérisation par les anciens bombardiers spécialement équipés, disparition de la couverture végétale. Merchant avait eu devant les yeux des cartes et des photographies aériennes : la Chine restait l'un des pays les plus verts du monde, des forêts du nord aux rizières du sud et aux plantations suivant les berges d'un réseau fluvial complexe et abondant. Tout cela migrerait vers où ? Impossible à dire, comme il était trop tôt pour savoir quelles seraient, chez les habitants, les répercussions psychologiques du phénomène. Une panique était prévisible, mais quelles en seraient les conséquences ? Un retour à des croyances primitives ? Un retour des démons hantant le monde de l'herbe et des arbres ? Quelle réplique les gouvernements et les populations trouveraient-ils à cette attaque ?

Merchant le savait : lorsque le produit serait prêt et fabriqué en quantité suffisante, le président américain et ses conseillers en matière de sécurité n'hésiteraient pas à donner l'ordre de l'utiliser, cela pour une raison simple : aucune nation, au cours de l'histoire des siècles, n'avait jamais résisté à la tentation d'expérimenter un avantage qu'elle avait, ou croyait avoir, sur les autres, que ce fût dans le domaine militaire, économique, scientifique ou social. Tout se passait comme si le monde était un jeu, et celui qui possédait un atout supplémentaire l'employait, changeant les règles par son intervention même, et tentant de gagner par écrasement de l'adversaire. Il en avait toujours été ainsi. Les quelques penseurs-philosophes qui avaient tenté de montrer l'inanité d'une telle attitude l'avaient payé de leur liberté, certains de leur vie.

En ce moment, à Houston, les travaux se poursuivaient dans une zone interdite au personnel. Dans une cage de verre renforcé, un simple buisson de houx (*hulis*), choisi pour sa robustesse et sa longévité pouvant atteindre trois cents ans, avait été soumis à une pulvérisation. Merchant se souvenait encore de son arrivée sur les lieux, une lueur de serre planait... Le buisson se trouvait à l'extrémité opposée de sa prison de verre dont les dimensions atteignaient dix mètres sur dix.

Le silence était total. La plante semblait fixée par ses racines dans une terre grasse et, soudain, elle avait été là, chaque feuille écrasée contre la vitre à quelques centimètres de son visage : Merchant avait bondi de terreur.

Des mesures lui avaient été communiquées par les appareils enregistreurs. Le buisson, qui ne dépassait pas soixante centimètres de haut, pouvait se déplacer à plus de cent kilomètres à l'heure, et le fait qu'il se fût dirigé droit vers lui impliquait une intelligence, une volonté d'attaque... La plus belle boîte de Pandore à laquelle l'homme se fût frotté.

Merchant avait rencontré Alan deux jours auparavant.

Sa vie avait repris : la recherche, l'enseignement, son fils, son épouse... Il y aurait eu pour lui l'incident Antoine, il y penserait quelquefois jusqu'à ce que cette aventure lui sorte de l'esprit et se range dans la boîte aux souvenirs, où elle disparaîtrait. La vie continuerait, scandée par les saisons, il y aurait cet été tout proche, cet été tout neuf qui s'avancerait, timide encore dans la chaleur adolescente de cette fin d'après-midi... Puis viendraient l'automne, les neiges de l'hiver, et ainsi indéfiniment... jusqu'à ce que, un jour, chargés d'un étrange liquide, des avions s'envolent, embarquant le monde des hommes vers la plus effroyable aventure qui soit... Cela se produirait, Merchant n'en doutait pas : c'était dans la logique des choses. Cela aurait lieu dans dix ans, ou dans cinq, ou dans trois, peut-être demain...

« Ce furent alors de la grêle et du feu mêlés de sang qui furent jetés sur la terre : et le tiers des arbres fut consumé et toute herbe verte fut consumée. »

L'Apocalypse, Bible de Jérusalem

Alan

Le plus bizarre était que tout avait surgi d'un coup. À présent, lorsqu'il y pensait, il ne comprenait pas encore pourquoi c'était arrivé cette nuit-là, quatre jours auparavant.

Normalement, les choses auraient dû se dévoiler peu à peu, le cheminement d'un soupçon, le doute auraient gagné du terrain, l'auraient rempli, au fil des jours, des semaines. Il aurait été lentement envahi par une vérité de plus en plus éclatante à laquelle il aurait eu, alors, le temps de s'habituer, préparant une riposte, s'il en avait fallu une.

Ce n'était pas ce qui s'était produit.

Il dormait profondément. Il avait dû travailler tard, ce qui était exceptionnel, un article pour une revue anglaise sur lequel il traînait depuis plus d'un mois, il avait décidé de le terminer. Il avait eu, le matin, un coup de fil du rédacteur en chef dont l'impatience courtoise lui avait paru un exemple parfait de la civilité londonienne.

Son texte relu, il s'était assoupi vers une heure du matin. Hélène dormait profondément. Deux heures plus tard, il s'était réveillé d'un bloc.

Il s'était retrouvé assis dans le noir, les yeux écarquillés, et il pouvait entendre le gong régulier de son cœur dans sa poitrine.

Il était resté immobile plusieurs minutes. Que s'était-il passé ? Qu'est-ce qui l'avait tiré des profondeurs paisibles du sommeil ?

Il n'y avait, il n'y avait eu aucun bruit, il aurait pu le jurer, pas un craquement, pas une lueur insolite dans la pièce.

Très vite, il s'était rendu compte que la raison était à l'intérieur de sa tête, une idée, à peine une idée d'ailleurs, cela restait trop flou pour en être une... C'était plutôt comme un dessin trouble aux contours trop mal définis pour savoir ce qu'il pouvait représenter, mais il se rendait déjà compte que, si tout se précisait, si l'émotion ressentie était si forte, c'est que quelque chose de terrifiant venait d'effleurer sa pensée... Une aile sombre, mortelle, venait de le frôler, et il devait savoir.

Accoté à son oreiller, dans le noir, il pouvait sentir la sueur perler à ses tempes. Il s'était efforcé de fermer les yeux, mais il lui avait semblé que ses paupières refusaient de lui obéir, comme pour l'obliger à mieux voir une vérité placée devant lui, aveuglante, dans la nuit de la chambre.

Quelque chose ne collait pas.

Pour l'instant, il pouvait le résumer à ça. Tout se passait comme s'il avait devant lui un édifice structuré, massif, équilibré, et qu'il ne puisse pas faire taire au fond de lui une voix lointaine, mais insistante, qui lui assurait que ces murs étaient de faux murs, minés par un mensonge : il y avait trompe-l'œil. Il y avait tromperie.

Alan s'était levé et les néons de la salle de bain l'avaient assailli. Il avait fait couler l'eau et plongé son visage dans le lavabo. Une fraîcheur nocturne et bienfaisante l'avait baigné, et il avait senti les gouttes ruisseler sur sa poitrine.

Il s'était regardé dans la glace.

Un chercheur. Ils avaient dû, chez Rexmond, le prendre pour ce qu'il était : un type perdu dans ses spéculations, ses expériences, ses équations... loin des réalités de l'existence. Un type incapable de se faire cuire un œuf, distrait et lunatique... c'est vrai qu'il y avait de ça, il lui fallait le reconnaître : il avait tendance à ne pas prêter beaucoup d'attention à ce qui se rattachait au monde matériel, il oubliait ses clefs, ses lunettes, son briquet.

Cela n'autorisait personne à le prendre pour un con.

Il y avait un autre mythe concernant le savant : celui d'Indiana Jones... Un spécialiste incontesté des civilisations disparues, un rat de bibliothèque qui, de temps en temps, abandonnait bouquins, notes et stylo pour revêtir la panoplie de l'aventurier : Stetson, fouet de cuir, bottes et biscoteaux apparents grâce auxquels il pulvérisait l'ennemi avec un bel entrain.

Alan avait observé ses biceps dans le miroir et grimacé. Il devait y avoir une quinzaine d'années qu'il n'avait pas soulevé un haltère. Tout cela était idiot mais une décision était à prendre : ou bien il laissait tomber, ou bien il essayait de connaître la vérité sur ce qui se tramait autour de l'invention d'Antoine.

Clignotants allumés.

C'était l'alerte rouge... s'il se décidait à foncer, il allait falloir marcher sur des œufs. Il serait seul et il aurait contre lui une véritable machine de guerre. Et comme toutes les machines, elle serait sans pitié.

Mais attention à l'imagination, elle pouvait jouer des tours. Il lui faudrait avancer pas à pas, sans impatience, sans donner l'éveil.

Alan avait pris le verre à dents, l'avait empli d'eau, avait trinqué avec son reflet et s'était adressé un clin d'œil.

— Alan Falken contre les Maîtres de l'Univers, murmura-t-il.

Il s'était aperçu en cet instant avec surprise qu'il venait de décider : ce n'était pas lui, l'homme qui avait polymérisé la glycine jusqu'au stade de l'hexamètre, que l'on allait arrêter sur la voie de la connaissance.

Dans la chambre, Hélène dormait toujours. Lorsqu'il l'avait prise dans ses bras avant de tenter de replonger dans le sommeil, il avait pensé qu'elle faisait partie du problème, et qu'il lui faudrait, dorénavant, l'en protéger.

7 juillet.

Ne pas chercher à savoir si je suis suivi ou pas.

Si le suiveur est un pro, pas question d'essayer de le semer. Il s'en apercevra dès la première tentative.

Marcher simplement dans une rue et chercher dans une vitrine une silhouette derrière soi est le genre de tentation à laquelle il ne faut surtout pas succomber.

J'ai décidé de démarrer aujourd'hui.

Cela fait trois nuits que, volontairement, je n'ai pas rechargé mon portable. Ce matin, il est inutilisable. Pas de repérage possible par satellite.

J'ai cours à dix heures à la faculté. Cours d'été exceptionnels.

Il n'y a apparemment pas de voiture démarrant derrière moi. Je n'en jurerais pas, mais de toute façon, c'est peut-être inutile de me filer au départ de chez moi : en effet ils connaissent mes trajets, et ils peuvent commencer à me suivre sur la route. Ou l'un d'entre eux est déjà installé sur les bancs de l'amphithéâtre, attendant de prendre sagement des notes.

Attention à la paranoïa. Ce genre de bestiole a tôt fait de vous grignoter les trois quarts du cerveau avant de s'emparer de la totalité.

J'en suis au stade où j'arrive à me persuader qu'il y a chez moi des micros.

Je ne les cherche pas. À quoi servirait-il que je les supprime, à supposer que je sois capable de les découvrir ? Ils sauraient que je me méfie, que je tente d'échapper à une surveillance, pas question, cela ne ferait qu'empirer les choses. Je continue à siffloter sous la douche comme tout un chacun, à brailler avec Max-Max lorsqu'il m'assène quelques crochets du gauche au cours de l'un de nos matchs de boxe, et à tenter le contre-ut du « lamento » de *La Tosca*, les matins où je me sens particulièrement en voix.

Neuf heures quarante-cinq. Coup de bol, j'ai réussi à trouver une place à moins de cent mètres de l'entrée de la fac. Le café est en face.

J'y ai mangé une quantité incommensurable de sandwichs au jambon et bu un nombre équivalent de demis de blonde. Je le fréquentais étudiant, et je continue professeur. Les garçons ont changé mais ils ont la même particularité : tous sont désagréables avec le client... J'ai toujours eu l'impression de les déranger et être servi me donne, encore aujourd'hui, le sentiment de bénéficier d'une faveur exceptionnelle.

Dès l'entrée, j'ai retrouvé ce brouhaha permanent, scandé par le ululement du percolateur, cette odeur de tabac et de café crème qui me permettraient, les yeux fermés, de savoir que je suis à Paris et que c'est le matin.

Je me glisse au comptoir.

— Un café !

Si quelqu'un m'observe du trottoir d'en face, il doit avoir du mal à me repérer, fondu dans la masse.

— Pardon...

Glissade entre les corps vers les toilettes. On a bien le droit d'aller pisser, non ? En face des urinoirs, la porte vitrée du téléphone. Ils ont remplacé l'appareil à pièces par un appareil à carte.

J'entre dans la cabine.

Personne ne m'a suivi. Les lieux sont vides.

J'introduis la carte. Tonalité.

0142791008.

Les chiffres s'affichent sur le cadran. Pas d'erreur.

Aucune sonnerie dans l'appareil.

— Il n'y a pas de correspondant au numéro que vous avez demandé.

Je raccroche, recompose le numéro.

— Il n'y a pas de...

Je raccroche définitivement et regagne la salle.

Toujours autant de monde. Entre les têtes, un groupe stationne sur le trottoir juste devant la porte. Des étudiants, sans doute. Pas sûr.

Je parviens jusqu'à ma tasse de café qui refroidit sur le zinc. Je paye et sors.

Le professeur Frantz Wertal ne renouvelle pas son abonnement de téléphone... Je me demande combien de temps il est resté dans son bureau après ma visite, je suis prêt à parier que cela ne lui a pas pris vingt-quatre heures pour déménager...

J'ai donné mon heure de cours et me suis un peu attardé du côté du secteur informatique. J'ai profité de l'absence de l'assistante en T.P. pour consulter le Net. Je suis le contraire d'un champion en la matière mais j'ai pu avoir ce que je cherchais en un temps record. Cela peut se résumer à deux constatations : d'abord il existe bien un Frantz Wertal, psychopathologue à Sainte-Anne. Ensuite le Frantz Wertal dont il s'agit n'a strictement rien à voir avec l'homme qui m'a reçu dans le bureau de la rue du Prétoire.

En effet, le site consulté ayant eu l'heureuse initiative d'illustrer les différents chefs de service d'une photo couleur format identité, l'homme que j'ai devant moi en ce moment est un joyeux rubicond à collier de barbe et moustache rasée. Un côté marin breton jovial aux antipodes du séducteur sur le retour rencontré précédemment.

Puis j'ai passé l'après-midi au laboratoire.

J'ai terminé assez exténué : rien de plus fatigant que de mimer la bonne humeur. Après tout, je suis au cœur de la citadelle. Qui me dit que le gentil, timide et empressé jeune étudiant rivé à son microscope ne rend pas compte, chaque soir, de mes faits et gestes du jour ?

Éternel embouteillage sur les périph. Cette première journée n'a pas été vaine : une pièce de l'édifice s'est écroulée. En d'autres termes, je possède la première preuve qu'il y a eu machination.

Il m'en faut une deuxième. Au moins une deuxième. Si celle-ci se révèle également décisive, il sera temps de passer à l'attaque.

Réfléchissons.

Hélène d'abord. Elle a pu éprouver gêne et honte à évoquer une vieille histoire de défonce postadolescente, elle a pu se taire durant toutes ces années que nous avons partagées, mais quand même. Ou elle est parvenue à sortir totalement cette histoire de son esprit, ou elle possède des dons de verrouillage exceptionnels... Que craignait-elle pour se taire ainsi ? Que je m'inquiète quant au surgissement de ses crises ? Ou alors ce n'était plus possible pour elle, au bout d'un certain temps, de m'en parler... : « Au fait, mon amour, depuis deux ans que nous vivons ensemble, j'avais oublié de t'en parler mais j'ai parfois des hallucinations... » Craignait-elle ma réaction ? que je la quitte ? Si rien de tout cela n'est vrai, pourquoi a-t-elle menti ? Elle a dû accepter, contrainte et forcée. Ils la tiennent par Max-Max et par moi. Dites ce que l'on vous dit de dire ou l'on fait un barbecue avec mari et fiston...

La première des choses est de les mettre à l'abri, tous les deux.

Je n'avais pas tiré le frein à main que je l'ai vue apparaître à la porte de la maison. Elle avait Max-Max dans les bras. Je les ai embrassés tous les deux et nous sommes montés en voiture.

— Je t'attendais pour faire les courses.

J'ai bloqué de l'intérieur les portières de la Honda et nous avons roulé dans la contre-allée.

La situation m'arrangeait bigrement. Si nous étions surveillés, tout aurait l'air normal, et aucun micro directionnel ne pouvait capter notre conversation en pleine rue. J'ai passé mon bras autour de ses épaules et me suis placardé un sourire permanent sur le visage.

— Dis-moi le nom d'un département français, au hasard. Tu exclus ceux qui entourent Paris et le Maine-et-Loire où vit ta mère.

Elle a haussé les épaules.

— N'importe lequel ?

— N'importe.

Elle a hoché la tête.

— Je ne sais pas, moi, les Deux-Sèvres.

— Parfait. Tu vas faire exactement ce que je te dis.

J'ai pu voir son visage blanchir dans le rétroviseur. À partir de cet instant, je ne l'ai plus quittée des yeux.

— Qu'est-ce qui se passe ?

— Je vais rentrer seul dans le supermarché. Dès que tu m'as vu disparaître à l'intérieur, tu prends ma place au volant sans sortir de la voiture, et tu démarres.

— Pour aller où ?

— Dans les Deux-Sèvres.

— Tu es cinglé ?

— Non. Tu fais ce que je te dis. Exactement.

— Mais pourquoi ?
— Trop long à t'expliquer...
— Et toi, qu'est-ce que tu vas faire ?
— Mon boulot de Superman.

Elle s'est tournée vers moi et j'ai remarqué que Max-Max a cessé de chantonner. Je me suis garé sur le parking et j'ai coupé le contact en laissant les clefs.

— Ne déconne pas, Alan.

— Je ne déconne pas. Je veux simplement savoir pourquoi ils t'ont obligée à me mentir.

— Je ne t'ai pas menti.

— Je n'aime pas qu'on se moque de moi, et je veux savoir si Rexmond a pu se rendre maître de la découverte d'Antoine et ce qu'il compte en faire.

— Et pourquoi je dois partir ?

— Parce que ça va devenir dangereux.

— Et tu crois que c'est justement à ce moment-là que je vais te laisser seul ?

— Oui. Parce que tu m'embarrasserais et que je veux avoir tous les atouts de mon côté.

Elle était sur le point de répondre et j'ai compris que si je restais près d'elle, je ne m'en sortirais pas. Elle pleurerait et les larmes lui allaient bien parce qu'elle les laissait couler sans ces grimaces plus ou moins convulsives qui servent, croit-on, à les retenir... Si je me penchais vers elle, si ses cheveux effleuraient ma joue, j'enverrais tout balader, Rexmond, le destin de la planète et toutes ces conneries dont, en fin de compte, je n'avais rien à cirer... Qui j'étais pour lutter ? Un scientifique de quarante balais, pas malin pour un rond, le combat était disproportionné, mon rôle était de rester près d'elle et de mon gosse, et de m'en remettre à la bonne volonté de l'humanité tout entière.

C'est alors que je me suis arraché du siège et que je suis sorti. Il y avait pas mal de monde entre les voitures, la plupart avaient le coffre ouvert et les gens empilaient leurs provisions à l'intérieur.

Avant de refermer la portière, je me suis penché. J'ai gardé le sourire et ça a été difficile, mais il fallait que tout paraisse normal.

— Tu démarres dès que je suis à l'intérieur du magasin.

— Je n'ai pris de vêtements de rechange ni pour Max ni pour moi...

— Fais chauffer la Carte bleue. Dans quatre jours, tu appelles et je viens vous chercher. Choisis un bon hôtel.

Je me suis éloigné en essayant au maximum d'avoir l'air du type qui va faire sa provision de surgelés pour la semaine.

J'ai commencé à me balader dans les travées et à emplir le caddie. Petits pois, bisque de homard, potages aux légumes... De l'endroit où je me trouvais, je ne pouvais pas voir le parking. J'ai regardé ma montre et je me suis accordé dix minutes. Ce devait être la moyenne du temps que les gens passaient à faire leurs emplettes.

J'ai poussé la vraisemblance jusqu'à peser un kilo de pommes dans un sac plastique que j'ai fourré avec mes autres achats.

Peu à peu, le monde arrivait comme si j'avais donné le signal. Une femme à lèvres violettes a failli me tamponner avec son chariot au carrefour vins, spiritueux et nourriture pour chiens. Nos regards se sont croisés et elle m'a souri. J'ai pensé immédiatement que ce genre d'endroit pouvait être un lieu de drague. Peut-être des histoires d'amour étaient-elles nées entre ces rayons. Nous nous sommes rencontrés entre raviolis en promotion et chaussettes soldées...

Lorsque les dix minutes ont été écoulées, je me suis dirigé vers les caisses où des queues s'étaient formées.

J'ai abandonné le chariot et je suis passé par la sortie sans achats.

La nuit tombait.

J'ai zigzagué entre les voitures. J'avais repéré l'emplacement où j'avais laissé la Honda. C'était la troisième allée. Juste à l'angle avec la voie centrale.

Ils étaient partis : la place était occupée par un 4×4. Le type au volant attendait le retour de sa femme en se lissant les favoris. Il avait au coin de la lèvre un mégot éteint de gauloise sans filtre.

J'ai rebroussé chemin. Il y avait une bouche de métro pas loin, j'aurais pu y descendre, j'avais douze stations avant d'arriver à destination mais il fallait d'abord que je passe chez moi. J'en avais pour un quart d'heure à pied en marchant d'un bon pas.

J'ai éprouvé sur le chemin un curieux mélange de terreur et de liberté. De liberté parce que j'étais seul et que personne ne m'avait forcé à faire ce que j'allais faire. De terreur aussi parce que, cette fois, la bagarre était déclenchée : si la surveillance dont j'étais l'objet était aussi implacable que je pouvais le croire, dans quelques minutes tous seraient au courant, s'ils ne l'étaient déjà.

La marche me faisait du bien. J'avançais vite et le chemin me parut court. J'ai ouvert la porte et suis allé directement dans la chambre. Il y avait un ballon de Max-Max qui traînait au pied du lit, mais tout le reste était parfaitement rangé.

J'ai tiré une chaise devant l'armoire et suis monté dessus.

J'ai fait glisser la boîte à chaussures, elle était ceinturée par des ficelles épaisses dont les nœuds étaient si serrés que j'ai renoncé à les défaire. J'ai rapporté un couteau du tiroir de la cuisine et j'ai coupé.

J'en ai sorti l'automatique.

C'était un Heckler und Koch, le modèle P 9. Un

9 millimètres parabellum. Mon grand-père l'avait rapporté d'Allemagne où il avait fait partie de l'armée d'occupation, au lendemain de la Deuxième Guerre mondiale. Je l'avais toujours connu, j'avais même tiré avec dans mon adolescence, dans un jardin de Bretagne où nous passions nos vacances. Je revois encore les cibles de carton.

J'ai toujours pensé qu'il en était des objets comme des gens, il y en a de sympathiques et d'avenants, et d'autres qui ne le sont pas. Les armes n'échappent pas à la règle. Celle-là avait vraiment une sale gueule, on ne pouvait en serrer la crosse dans la paume sans lui trouver quelque chose de méchant et d'agressif. C'était un flingue lourd qui pesait près d'un kilo et qui était affligé d'un recul à vous casser le poignet. Il restait un chargeur de neuf balles qui n'était pas enclenché.

J'ai jeté par la fenêtre un coup d'œil au ciel et la nuit m'a paru peuplée de nuages prêts à éclater.

Un imperméable ne surprendrait personne et il serait le bienvenu. Il me servirait à dissimuler ce flingot qui, de quelque façon qu'on le porte – sous l'aisselle, dans la ceinture, sur les reins –, dessinait une protubérance évocatrice qui ne trompait personne à plus d'un kilomètre.

J'ai vérifié le cran de sûreté et j'ai glissé le canon dans mon dos. J'ai enfilé l'imperméable et je suis sorti.

Apparemment, personne dans l'allée, mais je n'en étais plus au stade où « personne » signifiait « personne ».

J'ai pris le métro.

C'était l'heure de pointe.

Dans la plupart des stations, des haut-parleurs invitaient les voyageurs à se méfier des pickpockets et je me suis demandé ce que ferait un voleur s'il tombait sur le genre d'outil que je portais dans ma ceinture.

Pour me détendre, j'ai un peu scruté les visages. Chez les femmes, il y en avait de deux catégories, celles qui avaient pris le temps de se refiler un coup de jeunesse en se maquillant et celles qui avaient laissé tomber, permettant à la fatigue du jour de couler sur leur peau et dans leurs muscles... Trop de lassitude à masquer, trop de jeunesse disparue qu'aucun fard ne rattraperait, celles-là étaient les vaincues. La succession des jours avait broyé leur vie, elle avait sapé jusqu'à l'envie de rester ce qu'elles avaient été autrefois, lorsque des hommes leur parlaient de beauté et d'amour.

Je suis descendu et la silhouette de la tour s'est profilée très vite. C'était au sixième.

Je m'en souvenais bien. Il n'y avait d'ailleurs pas si longtemps que j'y étais venu.

Mme Dumez.

Elle a dû confondre et me prendre pour l'un des hommes qui l'avaient payée. Et puis elle m'a reconnu.

J'étais un de ceux qui étaient venus en dernier. Sans doute le dernier. J'étais celui auquel elle devait mentir. C'était beaucoup plus ennuyeux. Et surtout beaucoup moins rentable.

C'était charmant, chez elle. Enfin, à condition d'aimer. Il s'en fallait de peu que le salon ne tournât au bordel des années trente, velours, coussins, bronzes de femmes nues emportées par des centaures et des satyres. Il y avait aussi des lampes à festons, des fauteuils à glands, des chambrières, des huiles épaisses représentant, cernés de cadres rococo, des temples grecs vers lesquels couraient des baigneuses surprises par l'orage : un étrange bric-à-brac que je ne m'étais pas attendu à trouver dans une H.L.M. Quelle a été la vie de Mme Dumez ? Il eût été intéressant de s'y appesantir, mais je n'en ai pas le temps...

Pas du tout le temps.

Elle porte une robe de chambre damassée couleur de vieille cerise et s'est assise sur la cretonne du sofa du bout des fesses. Dans un vase de faux Gallé, des roses : mon regard s'y attarde, elles aussi sont fausses.

— Vous savez, je ne vous dirai pas autre chose que ce que j'ai pu vous raconter déjà, nous n'étions pas intimes, loin de là, je ne savais rien de sa vie, sinon...

— Sinon les billes ?

— Sinon les billes.

Ses paupières ont battu. Deux fois. Elle ment. J'en suis sûr. Disons à soixante-dix pour cent.

— Comment cela se passait-il exactement ?

Elle hésite à jouer les impatientes. Si elle osait, elle m'intimerait l'ordre de foutre le camp.

Elle ne le fera pas parce quelque chose commençant à ressembler à de l'inquiétude monte en elle.

— Je vous l'ai dit, des nuits entières. Les billes roulaient sur toute la longueur de l'appartement et heurtaient le mur.

Elle me regarde. Ses paupières battent encore. Elle a une bouche sans lèvres, une plaie ouverte.

— Très bien, dis-je, combien vous ont-ils donné ?

Sa main droite remonte jusqu'à sa gorge pour vérifier l'herméticité du foulard. Elle descend, s'attarde sur chaque bouton de son peignoir et s'immobilise.

— Je ne comprends pas ce que vous voulez dire.

Sa voix n'a pas tremblé mais a monté d'un cran. Un registre plus aigu.

— Pour raconter cette histoire de billes, dis-je, vous avez touché de l'argent. En fait, je me fous de savoir combien, je veux seulement savoir si ça s'est bien passé ainsi. Si ça vous gêne de parler, vous faites un signe avec la tête, oui ou non, ça me suffira.

Elle a un raclement de gorge très bref, presque un aboiement.

— Vous sortez, dit-elle, vous sortez ou j'appelle.

— Non, dis-je.

Le téléphone est à trois mètres d'elle, il serait à quinze kilomètres qu'il lui serait tout autant utile.

— OK, madame Dumez, on va s'y prendre autrement.

Je passe la main dans mon dos et sors le Heckler und Koch : il me paraît soudain encore plus antipathique qu'avant.

Ses yeux se sont agrandis tandis que son visage se vide. Où va le sang des humains lorsque la peur les prend ?

— Ne me tuez pas, l'argent est à la banque.

— Je vous fais une offre, dis-je. Je sais la vérité mais je veux l'entendre de votre bouche : si vous me la dites je m'en vais, si vous mentez je vous tue.

J'ai armé le flingue et la culasse a coulissé avec un bruit mat. Le chien s'est relevé et j'ai tendu le bras. L'extrémité du canon effleurait son front et elle n'a même pas tenté de reculer contre le dossier. Nous devions, elle et moi, former un tableau un peu ridicule.

— Je ne parlerai pas.

J'ai pensé, quelques fractions de seconde, que j'allais avoir affaire à plus forte partie que je ne l'avais cru.

— Pourquoi ?

— Parce que je l'ai juré.

Une maligne.

— Vous l'avez juré aux hommes qui vous ont donné l'argent ?

Elle a fermé les yeux.

J'ai avancé le bras de quelques centimètres et le cercle de l'orifice s'est imprimé sur son front.

— Un geste, dis-je, oui ou non. Mais ne vous trompez pas, je connais la vérité.

Elle a hoché la tête affirmativement une seule fois et j'ai rengainé l'automatique.

— Vous la bouclez, dis-je, si on vient, si on vous appelle, vous n'avez vu personne.

Elle a fait un autre signe d'assentiment et je suis sorti.

Ma dernière remarque ne servait strictement à rien S'ils l'interrogeaient, elle parlerait, et quand elle leur aurait révélé ma visite, ils la tueraient. J'étais prêt à en prendre le pari.

Sur la dalle, entre les tours, une pluie fine avait commencé à tomber et, en relevant le col de mon imperméable, je me suis dit que le monde ressemblait de plus en plus à un film noir.

Ça y était, j'avais brûlé tous mes vaisseaux, je ne rentrerais plus chez moi.

Il fallait à présent aller jusqu'au bout et le bout tenait à un numéro de téléphone.

J'ai repris le métro, changé deux fois et je suis descendu à Barbès. C'était stupide, l'idéal pour se faire repérer. J'étais le seul Blanc sur le boulevard, on ne voyait que moi, mais je savais que c'était le seul endroit à Paris où je trouverais encore des bazars ouverts. Et dans l'un de ces bazars, je trouverais une valise.

Il y en avait des montagnes sur les trottoirs. Je suis entré au hasard dans l'un d'entre eux. C'était illuminé, des guirlandes multicolores en festons couraient, emplissant la vitrine. Les piles de bagages montaient jusqu'au plafond. Cela allait de la cantine en fer couleur de Méditerranée par beau temps au sac plastique imitation croco ou léopard pour dame de vertu minimale. J'ai acheté une valise de taille réduite, la plus sobre, et je suis sorti.

Dans les magasins, jusqu'à la ligne de métro aérien,

les étalages exposaient des robes de fête aux couleurs stridentes, parsemées de faux brocarts, les dorures scintillaient dans la lumière et l'odeur de thé et de miel qui sortait de la pâtisserie aux portes ouvertes sur la rue donnait une impression de fin de ramadan.

J'ai suivi le terre-plein central du boulevard. La pluie avait presque cessé : c'était le quartier des sex-shops et des boîtes de nuit. Des chasseurs rabattaient le client vers les halls d'entrée des strip-teases. Sur Pigalle, des cars stationnaient devant le jet d'eau. Plus loin, des groupes de Japonais filaient vers le Moulin-Rouge... *Paris by night.*

Sur la place Clichy, j'ai repéré les hôtels, le Mercure ferait parfaitement l'affaire. En entrant dans le hall, j'ai remarqué sur la droite un restaurant self-service, le genre d'endroit qui n'évoque pas particulièrement un paradis pour gastronomes, mais il fallait manger.

Je n'avais pas faim, avec en plus l'impression que je n'aurais plus jamais faim, mais il fallait entretenir la machine, elle ne devait pas fléchir faute de carburant.

Le préposé à la réception m'a regardé venir derrière son comptoir et je me suis félicité de mon achat : son œil avait une vision d'une extrême banalité, celle d'un homme, seul, en imperméable, portant une valise et cherchant une chambre pour la nuit. Il en restait. J'ai rempli une fiche en donnant un faux nom et, lorsqu'il m'a demandé ma Carte bleue pour en garder l'empreinte, j'ai proposé de régler tout de suite car je risquais de partir le lendemain matin de très bonne heure : j'ai payé en liquide et suis monté dans l'ascenseur.

Lorsque j'ai ouvert la porte de ma chambre, il était vingt et une heures pile.

J'ai fourré l'automatique dans la valise et pris le téléphone.

C'était maintenant que tout allait se jouer.

J'avais rencontré Abel Chabrier il y avait quatre ans, il était alors responsable de tout le secteur d'émissions scientifiques sur la troisième chaîne. Nous avions parlé assez longuement, après l'enregistrement de mon interview, d'un projet de reportages de vulgarisation sur les travaux que menaient les différents labos, privés ou publics, dans le domaine des OGM dont chacun, à cette époque, parlait à tort et à travers. Le phénomène était bien connu : moins le sujet était maîtrisé et plus l'opinion était tranchée.

Chabrier m'avait plu. D'autres rencontres avaient eu lieu mais, cette fois, loin des spots et des caméras. En fait, nous déjeunions ensemble au moins une fois par mois. Je suivais sa carrière, il suivait la mienne, nous avions sympathisé. Depuis quatre mois, il avait quitté le secteur scientifique pour devenir responsable du journal du soir.

Il était l'homme qu'il me fallait.

Le plan était simple : si j'arrivais à passer trois minutes à l'antenne durant le 19-20, je sauvais ma peau. Je balançais le nom de Rexmond, je dénonçais le danger que pouvait représenter une utilisation militaire de ce que nous avions découvert, et je demandais que les autorités américaines utilisent leur droit de surveillance sur les travaux en cours. Je concluais en affirmant pouvoir donner les preuves de l'assassinat d'Antoine, et me tenir, pour ce faire, à la disposition de la justice. Tout cela tenait en cent quatre-vingts secondes, montre en main.

J'ai appelé Abel sur son portable. C'était la première fois, je laissais en général un message chez lui sur son répondeur, et il me rappelait. J'ai toujours eu une sainte horreur de déranger les gens, mais les circonstances l'imposaient. Il a décroché à la troisième sonnerie.

J'ai tenté de calmer ma voix. J'avais déjà remarqué

que cet organe varie de façon sensible avec l'état émotionnel de la personne. Je me sentais parfaitement maître de moi dans cette chambre d'hôtel, mais ma voix m'a trahi. Chabrier m'en a fait la remarque. J'ai dû lui affirmer que j'étais en possession de tous mes moyens.

Je n'allais pas tout lui raconter au téléphone, j'ai dû être cependant suffisamment pressant pour qu'il comprenne que la chose était grave. J'ai employé les termes de « danger planétaire » et de « découverte fondamentale », de quoi faire bondir n'importe quel journaliste normalement constitué.

Tout en parlant, je pensais que si Chabrier ne m'avait pas connu, s'il avait ignoré que je n'étais ni alcoolique, ni mythomane, ni mégalomane, il aurait raccroché au bout de vingt secondes.

— ...donne-moi trois minutes, fais l'interview toi-même ou délègue n'importe qui, je me débrouillerai... trois minutes.

Il y a eu un silence assez long, puis sa voix a résonné :

— Tu crains quelque chose ?

Tu parles si je crains quelque chose !

— Ils ont descendu un membre de mon équipe, j'en ai la preuve, je ne vois pas pourquoi ils me feraient un cadeau. Si je n'étale pas cette affaire devant le plus large public possible, je suis mort.

Je l'ai entendu se racler la gorge.

— Si je comprends bien, tu me proposes le scoop du siècle ?

— Ne déconne pas. Je te demande de me sauver la peau.

J'ai dû marquer un point car, lorsqu'il a parlé, j'ai compris qu'il avait pris une décision.

— Tu sais quel jour on est ?

J'ai été obligé de réfléchir pour trouver la réponse : j'avais donné mon cours ce matin, donc nous étions...

— Vendredi.

— Exactement, ce qui signifie que demain c'est samedi, et que pendant deux jours ce n'est pas moi qui dirige le journal. De plus, le week-end c'est sacré : c'est Valréas.

La Provence. Il m'avait invité souvent, et nous étions descendus une fois, Hélène et moi. Des tuiles blondes, une piscine bleue, des cyprès noirs et du vin rouge. La forme parisienne du bonheur, le temps d'un week-end. Sa femme y vivait en permanence. Le style randonneuse, souliers ferrés et fromage de chèvre.

Je n'avais pas pensé au week-end. Je ne me voyais pas attendre ici le lundi. Si les autres me surveillaient, ils avaient déjà dû s'apercevoir que le pavillon de Saint-Mandé était vide et que la voiture avait disparu. Ils devaient s'être lancés sur mes traces et je ne voyais pas comment ils pourraient me retrouver, mais ils devaient, pour cela, posséder des moyens que j'ignorais. Ils devaient croire que j'avais pris la route, un train, un avion ou, en supposant que je fusse encore dans la capitale, il y avait un bon millier d'hôtels à vérifier, et aucun n'avait de fiche portant mon nom.

— Écoute, Alan. Je prends un train demain matin à huit heures trente à la gare de Lyon pour Valence. On se retrouve un peu avant sur le quai, disons à huit heures et quart. Tu prends un billet et on descend ensemble. Tu auras le temps à la maison de tout me raconter en détail. Je peux même te filmer, faire une ou deux cassettes qui pourront servir si l'affaire prend de l'ampleur. OK ?

Tu parles si j'étais OK. Sois béni, Abel, et plutôt vingt fois qu'une.

En fin de compte, je ne suis pas descendu manger,

je me suis tapé le chocolat et les cacahuètes du minibar, et je me suis endormi, parfaitement épuisé.

C'est à ce sentiment d'épuisement que l'on s'aperçoit qu'il est extrêmement fatigant d'être un héros.

8 juillet.

Il existe une indécence agressive dans l'éclatement des néons d'une salle de bain d'hôtel.

Il est six heures vingt, le réveil téléphonique vient de retentir.

L'eau chaude est longue à venir.

L'aube s'est levée sur le cimetière Montmartre en contrebas. L'alliance entre le silence des morts et le vacarme des vivants m'a toujours fasciné, au-dessus des troènes et des vieilles tombes, les voitures font trembler les piliers du pont...

C'est calme encore, ce sont les minutes qui précèdent l'éveil. Ciel dégagé, une lueur rose sur le granit des stèles et des colonnes, il fera beau. Ma douche prise, je plie mon imperméable et le fourre dans ma valise avec le flingue que j'enterrerai dans le jardin de Chabrier demain.

J'achèterai des chemises à la campagne.

La cafétéria est vide ou presque, juste deux types endormis qui ont dû faire la fête hier très tard ou ce matin très tôt, et qui dorment à moitié sur leurs chaises. Jus d'orange proche de l'acide sulfurique. Café fade. Croissants.

J'ai tout mon temps et, si je m'écoutais, je marcherais un peu. Cela ne m'est pas arrivé depuis longtemps d'être si tôt dans les rues de Paris. Toujours un attendrissement me vient lorsqu'une ville s'éveille... quelle patience sous ces toits, derrière chacun de ces volets, quelle volonté de recommencer, une journée de plus qui va défiler, lente, rapide, interminable, échevelée...

les bruits sont étranges au matin, comme si les murs avaient gardé la mémoire des trompes des anciens tramways : elles avaient quelque chose d'animal, de préhistorique... Il y avait aussi les bacchanales des poubelles, qu'est-ce que cette nostalgie qui me vient avec le jour...

J'appellerai Hélène de chez Abel. Si tout va bien, nous serons chez nous dans le milieu de la semaine. Fin du cauchemar.

Je n'ai pas une folle passion de l'humain mais cela m'ennuierait que tout disparaisse, tous ces murs, toutes ces rues, tous ces toits, ces monuments, c'est pas mal quand même, non ? On n'est pas parti de grand-chose en plus, quelques tribus de crétins au crâne plat, à poil dans les savanes, et aujourd'hui, crac, l'Opéra Bastille, la Pyramide du Louvre... On peut discuter, mais enfin, pas niable qu'il y ait eu des progrès depuis le Néanderthal. Il a fallu des millénaires mais on y est arrivé, tout ça pour dire qu'on ne va pas se laisser avoir par quelques phanérogames furibardes ou quelques liliacées de mauvaise volonté...

Pleine forme. Je me sens en pleine forme. À côté de moi, James Bond c'est Woody Allen.

Alan Farken s'arrête au bord du trottoir et attend que le feu passe au rouge pour s'engager dans le métro dont la bouche s'ouvre à vingt mètres. En route pour le Sud.

Feu rouge.

Tout en traversant, il se remémore la carte du métro. Excellent exercice mnémotechnique. Il se souvient qu'il doit changer une fois.

À Madeleine.

Station Madeleine.

C'est la nouvelle ligne. La 14.

Alan Falken regarde autour de lui, le design est moderne, ça ne ressemble plus au métro de son enfance. Un autre monde va naître, il n'est pourtant pas vieux, alors d'où lui vient ce matin ce sentiment de déphasage, comme s'il était né dans un univers et poursuivait sa vie dans un autre ?

Il y a un clochard écroulé sur une banquette.

Au-dessus des têtes, un tableau lumineux : « Arrivée de la rame dans une minute trente ». Cela non plus n'existait pas autrefois.

Un type très jeune s'est posté devant le clochard, style étudiant. Il va sans doute passer sa matinée à la nouvelle bibliothèque Mitterrand, c'est le terminus de la ligne.

Le garçon sort un euro et le dépose dans le béret du SDF qui dort toujours. Le geste touche Alan. C'est bien l'aumône, mais l'aumône sans que celui qui en profite le sache, c'est encore mieux. Un vieux restant de christianisme.

« Arrivée de la rame dans une minute. »

L'étudiant sort *Libé* de sa poche et se dirige vers l'avant de la station, là où se tient Alan.

Ils sont presque face à face et leurs yeux se croisent.

Un sourire bienveillant et permanent erre au fond du regard du jeune homme qui, tout en marchant, a déployé son journal qui tombe.

« Arrivée de la rame dans quarante-cinq secondes. »

Le reflet de la rampe lumineuse court sur la lame d'acier.

C'est un poignard étroit et long, le manche rudimentaire est entouré de cuir noir d'éléphant : un produit de récupération, sans doute un élément de suspension de camion, aiguisé au marteau de forge et à la lime, l'arme des mercenaires rwandais.

La pointe trace un arc de cercle et éclate le similicuir de la valise qu'Alan a, d'instinct, levée en bouclier. L'étudiant n'a pas cessé de sourire, il arrache les vingt centimètres de ferraille crantée qui ont ouvert le bagage et plie un genou pour redoubler tout le poids dans l'épaule. Alan cramponne la poignée et shoote en footballeur, droit devant lui. Un coup forcené pulvérise la rotule de l'assaillant qui part en arrière, sans appui sur sa jambe morte.

« Arrivée dans trente secondes. »

L'éclair du rasoir frôle la gorge d'Alan qui feinte en matador, mime un départ sur la gauche, démarre à droite, mais l'autre, sur un genou, lui bloque le chemin.

Un pro, l'étudiant. On ne le roule pas comme ça.

Alan recule, hors d'haleine. Quinze secondes à peine ont passé et il n'a déjà plus un centimètre cube d'air dans les poumons.

Sur l'autre quai, face à eux, une femme s'est mise à hurler et court vers la sortie, entraînant un autre voyageur, un type âgé avec une casquette irlandaise.

Le flingue.

Pas sûr qu'il s'en sorte s'il ne le récupère pas.

Alan et son assaillant ne se quittent pas des yeux. Là-bas, le clochard dort toujours.

Alan plonge la main par la déchirure, extirpe l'imperméable et referme ses doigts sur la crosse quadrillée.

Il sort l'arme et, dans le mouvement, le chargeur tombe à terre.

Un rire muet sur les lèvres du tueur.

Pas de pot.

Alan braque le Heckler. Il n'aura pas le temps d'enclencher, mais il a une chance sur deux, ou sur cent ou sur mille. Hier, pour impressionner Mme Dumez, il a manœuvré la culasse. Le chargeur était-il engagé à ce moment-là ? Impossible de se rappeler. Si oui, il a, en ce moment, une balle dans le canon, sinon le percuteur sonnera à vide et il sera mort.

Derrière lui, sur la gauche, des voyageurs arrivent par l'escalator.

— Tirez-vous, hurle Alan, vite !

« Arrivée dans quinze secondes. »

L'étudiant plonge et croche de la main gauche la ceinture de celui qu'il doit tuer. Alan tire à deux mains, les deux index cassés sur la détente. Le contrecoup le projette contre la banquette centrale où il se casse les reins.

L'autre a pivoté deux fois sur lui-même et, d'abord, Alan croit l'avoir manqué. Il le voit de profil et le sourire s'est encore accentué, il remonte à présent jusqu'au milieu de la joue. Le demi-tour s'achève lorsque la rame pénètre dans la station.

« Arrivée zéro seconde. »

Au terme de son dernier cercle, l'étudiant bascule, reste en équilibre sur le rebord du quai. La balle a emporté le quart supérieur de la tête et la claque d'un quart de litre de sang gifle la paroi du train qui entre dans la station. Alan l'ignore, mais la munition qu'il vient d'employer est une demi-blindée Interlock à pointe creuse, capable d'arrêter à deux cents mètres un rhinocéros en pleine course.

Le tueur s'effondre au ralenti tandis que les portes du convoi s'ouvrent et que les yeux des voyageurs s'écarquillent.

Alan fourre le revolver dans sa ceinture, ramasse le chargeur, l'imperméable et détale en direction de la sortie.

La gare de Lyon. Il doit l'atteindre absolument. Lorsqu'il aura rejoint Abel, il sera sauvé.

Il émerge place de la Madeleine. Station de taxis à quelques mètres.

— Gare de Lyon, s'il vous plaît.

La place pivote, il y sera dans quinze minutes, il est encore tôt pour les encombrements.

Une pensée unique le taraude tandis que son cœur s'apaise : comment l'ont-ils retrouvé ? Après toutes ces précautions prises ! Il n'est, bien sûr, pas un spécialiste, mais tout de même... Peut-être ne l'ont-ils jamais perdu de vue ? Non, c'est impossible.

Feu rouge sur le boulevard Beaumarchais.

Une Mercedes s'arrête, parallèlement au taxi.

Alan regarde l'homme au volant : il a déjà vu cette tête quelque part.

Il doit s'écarter de la portière, ne pas recommencer à trembler, il était presque parvenu à s'arrêter.

L'homme est costaud, type libanais. Il se penche pour fouiller dans sa boîte à gants, Alan suit chacun de ses gestes. Qu'est-ce qu'il cherche ? Une arme ? Des cigarettes ?

Juste avant que le feu ne passe au vert, Alan le voit prendre une paire de lunettes. Non, il s'est trompé. Il ne l'a jamais vu. Ne pas paniquer.

S'il suffisait de se dire de ne pas paniquer pour y parvenir, le monde serait plus confortable. Sans sortir son arme, en se tortillant sur son siège Alan réussit à glisser le chargeur dans la crosse.

Gare de Lyon.

Alan règle la course et s'éjecte de la voiture. Panneau des départs.

Paris-Valence. TGV 6522. Départ huit heures trente. Voie 18.

Alan marche rapidement. Il passe devant les fresques du hall. Il les aimait enfant, Menton et la Riviera, des palaces au pied de montagnes arrêtées en bordure de plages, on y voyait des femmes à ombrelles et robes à tournures marcher dans l'ombre des pins parasols... On y remontait la France du sud au nord, Nice la Belle, Avignon, les verdures de la Bourgogne, Vézelay et sa basilique... Cela lui rappelait son livre de géographie, quelque chose d'enfantin dans les couleurs, de pédagogique dans la précision du trait...

Il déboucha sous la verrière.

C'était là, le train était à quai.

Il prendrait son billet près du contrôleur, il avait remarqué qu'il y avait du monde devant les rares guichets ouverts.

Il longea la motrice et vit le type sortir du wagon devant lui. Tout baignait dans une lumière grise et le pan du duffle-coat se souleva un poil de trop lorsqu'il se retourna vers le nouvel arrivant.

Alan devina le bronze du fusil et plongea en rugbyman, il tenait déjà le Heckler et tira, tout en roulant sur lui-même. L'asphalte se souleva à dix centimètres de son œil sous l'impact des chevrotines. Le souffle du fusil lui brûla le visage. Alan tira trois balles en rafale et toucha à la troisième. Il entendit le juron et le canon scié du fusil à pompe heurter le sol. C'était un Maverick, on pouvait tirer des cartouches à faible dispersion, capables de percer des tôles d'acier de plusieurs centimètres d'épaisseur.

Alan vit la porte entrouverte du premier wagon et s'envola. Il atterrit dedans et se froissa l'épaule contre le sol. Il n'avait pas lâché le Heckler.

Je suis James Bond. Je les tuerai tous et je sauverai le monde.

La vitre explosa derrière lui et, dans un deuxième bond, il plongea entre deux sièges. Un tireur invisible arrosait la travée avec un fusil de guerre automatique, la bourre des sièges se détacha et sa poussière monta dans l'air.

Alan se pelotonna et attendit la fin du staccato.

Il ne pouvait pas voir le tireur placé derrière lui, un

homme à bonnet de laine noire, petit et maigrichon, dont les vêtements de marque Adidas flottaient. Il mâchouillait un chewing-gum, avait l'air ennuyé, et il enclencha un nouveau chargeur.

Alan se recroquevilla. Si ses souvenirs étaient bons, il lui restait quatre balles.

Abel Chabrier.

C'était lui qui avait parlé. Il n'y avait pas d'autre explication. Dans la fiche qui devait lui être consacrée, au chapitre des relations amicales le nom d'Abel devait figurer en bonne place.

Une chance sur un million de s'en sortir, mais il en restait une.

Il émergea en tirant entre les deux fauteuils et le fracas du Maverick emplit l'espace.

Alan chercha l'air et s'assit doucement dans la travée.

Ça ruisselait autour de ses jambes, la moquette s'imbibait à toute vitesse. Les abat-jour éclairés au-dessus des tables lui parurent avoir une baisse de tension. Il y avait des pieds devant lui, il n'arrivait pas à lever les yeux pour distinguer la tête de l'homme.

Il arrive que les héros perdent la partie.

Ils avaient gagné : le plus difficile serait d'étouffer sa disparition. Victime d'une agression... Il sentit des doigts tirer son portefeuille de sa poche et ramasser son revolver.

Je pisse le sang, pensa-t-il.

Une fontaine. Hélène et Max-Max.

Un bruit lointain s'approchait. Alan Falken appuya sa nuque contre un accoudoir et écouta le son grossir. Il ne sut jamais s'il s'agissait d'un train entrant dans la gare ou si les noirs cavaliers d'apocalypse étaient, du fond de l'enfer, venus le chercher.

Quatre ans plus tard

On n'a jamais réellement expliqué les causes de la catastrophe qui s'est abattue en 2007 sur la péninsule du cap York, pointe extrême nord-est de l'Australie, au large du golfe de Carpentarie et qui, personne n'en doute aujourd'hui, a été le départ d'un séisme mettant en péril l'équilibre du monde jusqu'à faire craindre, pour des raisons évidentes, la disparition de la présence humaine sur la surface du globe.

Pourquoi le fléau s'est-il abattu sur cette région lointaine ? Sans doute la réponse est-elle dans la question : parce qu'elle est lointaine et que, dans leur inconscience, les stratèges qui l'ont choisie ont pensé que la prolifération du danger pouvait être géographiquement circonscrite. Des raisons politiques et militaires ont été également prépondérantes, le gouvernement de Canberra et la Maison-Blanche ont joué, dans cette partie du monde, un rôle que l'Histoire n'est pas près de leur pardonner. Il faut, pour être clair, revenir trois ans en arrière.

C'est à cette époque (nous sommes donc en 2004) que, dans cette région septentrionale du Queensland, une révolte a lieu. Elle est fomentée par un mouvement extrémiste local dont l'épicentre se situe dans le petit port d'Iron Range. D'idéologie indéterminée, on trouve parmi les guérilleros des descendants d'aborigènes décidés à en découdre avec le gouvernement central, auxquels viendront se mêler des groupuscules néo-guinéens : parmi ces derniers, des militants écologistes, tendance marxiste révolutionnaire et des organisations mafieuses, connues pour leurs actes de piraterie dans les eaux du détroit de Torres, et plus largement dans toute la région du Pacifique Sud. Fortement organisée en armée depuis sa victoire de la rivière Archer sur un régiment de gouvernementaux, la rébellion devait rapidement s'emparer des villes de Weipa, Coen jusqu'au cap Melville.

C'est sur les bords de la baie de Princesse-Charlotte que fut proclamée, le 14 août 2006, l'indépendance de la nouvelle république.

Dans les montagnes du Grand Partage et dans les vallées avoisinantes, on assista à une fuite généralisée des fermiers, éleveurs pour la plupart, qui prirent la direction du sud, certains s'enfoncèrent dans le désert où beaucoup disparurent.

Dépassée et subissant revers sur revers, l'armée australienne en fut réduite à demander l'aide de l'ONU qui, une fois de plus, ne put intervenir. Dans un premier temps, les régions envahies furent mises en coupe réglée par des seigneurs de guerre avant de s'organiser et d'élire un chef : ce fut Mikhaël Kordura dont les aïeux, depuis la nuit des temps, avaient occupé ces terres. Kordura, combattant héroïque et adoré de ses troupes, sut fédérer les différents groupes en présence et organisa l'économie et l'armée. Ses discours incendiaires n'avaient rien de rassurant : il fit plusieurs fois allusion à la conquête de tout le continent australien. On assista alors, dans un assez grand nombre de régions, à des mouvements de sympathie en faveur du régime de Kordura. On peut citer ici les grandes grèves qui paralysèrent Sydney, Brisbane et Broken Hill.

Le monde assistait, effaré, à la naissance d'un mouvement communautaro-anarchiste que l'on avait cru oublié, qui surgissait dans une région qui s'était toujours signalée par sa sérénité politique et qui, dans le déroulement de l'histoire internationale, n'avait pratiquement jamais joué le moindre rôle.

C'est alors que, répondant à la demande du Premier ministre australien et anxieux de voir se développer un mouvement susceptible d'entraîner, avec lui, toute cette partie du monde, fidèles à leur politique de gendarme planétaire les États-Unis décidèrent d'intervenir. La prise de décision fut longue à se conclure. Ulcérée par les drames successifs qu'avaient occasionnés des interventions loin de leurs bases, la grande majorité des sénateurs américains refusaient de ratifier l'ordre d'expédition. On rappela, à cette occasion, les échecs successifs du Viêtnam, de la Somalie et les victoires peu convaincantes concernant l'Irak et l'Afghanistan. Le Président se battit pied à pied, soucieux de répondre à la demande, quasi la prière, d'une nation libérale et démocratique avec laquelle les liens économiques se situaient au plus haut.

Ce fut à cette époque que Kordura commit une erreur de taille. Il lança ses troupes sur les bords de la rivière Mitchell qu'il traversa, et ce fut le massacre et le saccage de la ville de Walsh. Les mille quatre cent cinquante morts dénombrés mirent le feu aux poudres et l'intervention fut enfin décidée dans l'urgence.

Le général commandant les forces américaines proposa une tactique classique : bombardements aériens, suivis, si le besoin s'en faisait sentir, d'un débarquement sur le continent, les îles Banks et du Prince-de-Galles étant utilisées comme bases maritime et aérienne. Le moins que l'on puisse dire est que cette proposition ne souleva l'enthousiasme ni de la présidence ni du Pentagone.

C'est alors qu'Anthony Soanes demanda à voir le Président. L'entrevue classée top secret n'est connue que de ceux qui y assistèrent : le Président, Brenton, Ramon Danez, ami intime de ce dernier et conseiller aux relations extérieures très écouté. Rien ne devait filtrer de la rencontre entre ces trois hommes. On ne sait qu'une chose : elle dura sept heures trente-cinq. Elle ne fut pas interrompue à l'heure du repas, les participants déjeunèrent de pizzas et de bière allemande qui leur furent servies dans le Salon ovale. Une seule chose est sûre ; lorsque Brenton quitta Washington il avait carte blanche. Une carte blanche doublée d'une promesse : si sa tentative se révélait efficace, les menaces financières et judiciaires pesant sur son entreprise seraient levées. Rexmond redeviendrait ce qu'il n'aurait jamais dû cesser d'être, la plus pharaonique entreprise de recherche biochimique installée dans le Nouveau Monde.

Il faut ajouter à tout ce qui vient d'être décrit une autre raison aux événements qui allaient se succéder : celle-ci est proprement naturelle, elle touche à la couverture végétale qui s'étend du cap York jusqu'à Croydon. Elle offre de multiples visages, des lichens desséchés, propres aux grands déserts, à la luxuriance des tropiques comprenant des bananiers, des quinquinas et des cajeputiers... Il y avait là de quoi réaliser une expérience de choix.

Le 3 janvier 2007, un avion de tourisme de marque Cessna décollait de l'aéroport de Port-Vila, la capitale du Vanuatu. Il y avait trois personnes à bord et il était équipé d'un système de pulvérisation des plus ordinaires, semblable à ceux employés par les fermiers des grandes plaines céréalières américaines.

Stuart Backmore, qui pilotait l'engin, devait avouer à son retour qu'en larguant le produit contenu dans un réservoir de cinquante litres, il avait, en actionnant la commande des vannes, aperçu nettement, entre deux nuages vers lesquels il se dirigeait, le hideux et souriant visage de la mort. Il avoua également avoir parfaitement réalisé, au cours d'une aveuglante seconde, que, suivant la formule du savant français Jean Rostand, la présence de l'humanité sur cette terre qu'il survolait n'était après tout que « l'aventure falote du protoplasme », et qu'il était certain d'avoir le premier, en pulvérisant son chargement, entamé le processus de son achèvement.

Quatre années avaient donc passé depuis la mort d'Alan Falken durant lesquelles les unités de recherche Rexmond avaient travaillé vingt-quatre heures sur vingt-quatre.

Les expériences qui s'étaient succédé à un rythme accéléré avaient abouti dans une usine désaffectée de l'Alberta que Rexmond, utilisant une couverture culturelle, avait acquise dans le cadre d'une politique de protection du patrimoine architectural industriel, thème médiatique très à l'honneur qui n'avait surpris personne et avait même valu à l'entreprise un abaissement de ses impôts. Les cuves qui avaient servi aux bains de chrome et de nickel jusqu'à la moitié du XXe siècle furent transformées en plantations qui subirent les pulvérisations dont la formule initiale n'avait pas été retouchée.

Le hall d'entrée de l'usine et ses infrastructures furent occupés par des semis de pratiquement tout ce qui pouvait exister sur la planète Terre méritant le nom de végétal. On trouvait là toutes les plantes vasculaires, toutes les phanérogames et tous les cryptogames, de même que les sans-racines qui occupaient à eux seuls l'aile ouest du bâtiment, les muscinées par exemple.

Des précautions considérables avaient été prises, tant en ce qui concernait la discrétion que la sécurité.

Pour ce qui concernait la discrétion, on avait informatisé et automatisé au maximum le déroulement des travaux. En fait, le personnel, si l'on excepte quelques techniciens supérieurs, ne s'occupait que de la maintenance des appareils de commande, et pouvait parfaitement répondre à la demande sans savoir quel était le but des travaux qu'il effectuait, travaux par ailleurs verrouillés par un système de codes d'accès perpétuellement renouvelés et formant un véritable labyrinthe.

Quant à la sécurité, elle se mesurait à l'épaisseur des vitres blindées au travers desquelles on pouvait, à distance, examiner l'évolution des organes. Il était plus simple de pénétrer dans Fort Knox que dans ces lieux isolés des plaines désertes du Nord-Ouest canadien.

L'essentiel des expériences avait porté, non sur le phénomène initial de raccourcissement et de disparition des racines, mais sur les particularités comportementales des plantes, devenues mobiles et indépendantes. On avait d'abord remarqué une augmentation de la tonicité énergétique, variable suivant les espèces, mais pouvant aller jusqu'à 245 pour 100. Les phanérogames étaient, de ce point de vue, les plus réactives : sans l'avoir voulu, Antoine Bergaud avait, en choisissant le rosier, tapé dans le mille. Mais l'essentiel du travail des biologistes et chimiobiologistes mobilisés pour cette opération fut surtout de tenter de comprendre le double phénomène d'adaptation immédiate de la plante à sa nouvelle condition et de subite agressivité qui en découlait. Celle-ci avait été démontrée de maintes manières mais, sans entrer dans les détails des différents tests et mesures effectués, il suffisait de voir avec quelle violence, à la perception d'un être vivant dans les parages, un simple rameau de bruyère se jetait contre la vitre qui le séparait du monde extérieur.

Les résultats avaient permis de déceler une quasi-disparition, chez les feuilles traitées, de la cellulose qui jouait le rôle de structure intime, et son remplacement par une matière fibreuse microscopique, dont la nature pouvait s'apparenter au tissu nerveux présent dans le monde primaire animal. Une observation mesurée du comportement suffisait à détecter, chez chacun des sujets traités, une perception rapide d'un élément étranger, immobile ou en mouvement, quand il surgissait dans leur territoire sensoriel. En d'autres termes, et sans qu'il fût possible de savoir si l'on se trouvait dans l'ordre de la vision ou de l'olfaction, il parut évident que la plante avait une « conscience » immédiate d'un élément étranger. Des expériences plus pointues permirent de constater assez rapidement que cette détection n'était en fait ni olfactive, ni visuelle, ni auditive. Placé sous une cloche parfaitement étanche et opaque, il était possible à n'importe quel végétal d'appréhender une présence nouvelle. Le plus étonnant fut de se rendre compte que cette sensibilité ne se produisait que dans le cas d'organismes vivants. Lorsque l'on approche de divers végétaux (test 2024 du 13 juillet 2004) un mannequin de polystyrène expansé, moulé sur un corps humain, aucun d'eux ne réagit : l'expérience, pratiquée sur plus de deux cent cinquante d'entre eux, fut avérée.

Aucun test n'avait permis de déterminer quelle était l'origine du signal permettant à la plante de recevoir l'information qui la ferait réagir, réaction qui, nous le savons, avait toujours été marquée par une violence disproportionnée. Les premières expérimentations ayant été réalisées avec des souris, on avait pu mesurer la vitesse de réaction du liseron de Chine, l'une des cent cinquante espèces recensées de volubilis. La plante sélectionnée mit moins de quatre secondes à atteindre la proie qui fut étranglée par la tige grimpante. Sa vitesse fut chronométrée à deux cent quinze kilomètres à l'heure.

L'arme absolue était découverte.

Durant la deuxième partie du XXe siècle, on avait vu apparaître les premiers pas puis le développement d'un mouvement écologiste, présent surtout en Europe dans ses débuts, mais rapidement embourbé dans des conflits internes, à la fois théoriques et politiques. Lorsqu'une expérimentation *in vivo* fut décidée à la pointe nord du continent australien, aucune voix écologiste ne la réfuta avec la véhémence qui eût été nécessaire pour éviter une hécatombe avoisinant le demi-million de morts.

L'intervention qui eut lieu en 2007, si elle débuta dans le secret, fut, par la suite, absolument médiatisée. On peut penser, sans préjuger du fait que les États-Unis ne voulurent pas être un obstacle à l'information, qu'ils encouragèrent les différents networks à en rendre compte : nul gouvernement ne pouvait ainsi ignorer ce à quoi il pourrait dorénavant s'exposer en cas de conflit avec la première puissance économique du monde.

La mort verte venait d'être inventée.

Lorsque, début 2007, les premières vagues vertes s'abattirent sur les faubourgs de la petite ville de Koolburra et que les médias parlèrent de morts inexpliquées, Hélène n'eut pas de peine à établir la relation entre ces événements et l'invention d'Antoine Bergaud. Elle y songea en voyant les images des victimes alignées sur la rive de la rivière du Taureau. En femme intelligente, elle savait que, tôt ou tard, l'expérience concoctée par Antoine serait reprise, modifiée, amplifiée, que cela appartenait à la loi générale de l'économie, voire de l'humanité. Cela ressortissait à un phénomène profond, peut-être inexplicable, qui présidait, sans doute depuis toujours, aux destinées et courants à travers les siècles : la volonté du mal... Après avoir cherché le diable dans les profondeurs des entrailles terrestres comme au tréfonds de l'âme humaine, les hommes de ce début du XXIe siècle avaient découvert où il s'était installé : au cœur de chaque feuille, de chaque tige, de chaque plante et, une fois de plus, les démons avaient été lâchés.

Elle se demanda si, cette fois, ils seraient les vainqueurs et si, bientôt, le monde végétal triomphant n'aurait pas remplacé sur la planète Terre le genre humain anéanti.

— Un cauchemar de jardinier, murmura-t-elle.

Le ciel était gris au-dessus des toits de la ville. Là-bas, sur un balcon, des plantes en pots attendaient la pluie qui ne tarderait guère. Demain peut-être elles seraient le pire ennemi, et leur triomphe signerait l'acte de mort.

La Terre, lavée de l'humain, continuerait sa course infinie, un nouveau maître présiderait à ses destinées, un dieu vert et tout-puissant dont l'ancêtre avait porté le nom de Bob.

Max-Max grandit. Pour son dernier anniversaire – il a eu neuf ans – Hélène lui a offert un chat : Olibrius II.

Elle se rend chaque semaine sur la tombe d'Alan dont la mort n'a jamais été élucidée, son cadavre ayant été découvert, calciné, dans une forêt, à quarante kilomètres de Paris.

Elle seule sait qui l'a tué et sur l'ordre de qui. Elle ne parlera jamais, ce serait mettre son fils en danger.

Elle reste devant la tombe. Il lui arrive parfois de passer la paume de sa main sur le marbre en une caresse glacée.

Elle n'apporte jamais de fleurs.

L'homme qui se faisait appeler Frantz Wertal n'est jamais venu la revoir. Il lui a téléphoné après la mort d'Alan. Il lui a dit qu'il regrettait mais qu'il n'avait pu faire autrement que d'envoyer les tueurs.

Elle n'a jamais su vraiment pour qui il travaillait, une cellule indépendante du Pentagone en liaison avec la plupart des laboratoires de la planète recherchant des produits et composants chimiques en vue d'applications militaires ? Elle n'a aucune certitude.

Elle ne se remariera pas.

C'est le printemps aujourd'hui, le printemps 2007. Un vent frisquet retrousse les couvertures des journaux dans les kiosques. Tous parlent à peu près de la même chose. Une guerre menace en Chine, mais qui y croit ?

Soleil sur Paris. Hélène traverse l'avenue d'un bon pas. Il fait beau déjà et, comme chaque fois que le ciel est bleu, il lui semble sentir contre son bras le bras de l'homme qu'elle a aimé.

Elle reviendra la semaine prochaine.

Chez elle, à Saint-Mandé, les lilas ont poussé et, lorsqu'elle ouvre les volets le matin, elle respire le doux parfum des fleurs.

Un frisson s'empare alors d'elle et elle referme la fenêtre.

DU MÊME AUTEUR

Aux Éditions Albin Michel

LAURA BRAMS
HAUTE-PIERRE
POVCHÉRI
WERTHER, CE SOIR
RUE DES BONS-ENFANTS
(prix des Maisons de la Presse 1990)
BELLES GALÈRES
MENTEUR
TOUT CE QUE JOSEPH ÉCRIVIT CETTE ANNÉE-LÀ
VILLA VANILLE
PRÉSIDENTE
THÉÂTRE DANS LA NUIT
PYTHAGORE, JE T'ADORE
TORRENTERA
LA REINE DU MONDE
LE SANG DES ROSES

Chez Jean-Claude Lattès

L'AMOUR AVEUGLE
MONSIEUR PAPA
(porté à l'écran)
E = MC^2 MON AMOUR
(porté à l'écran sous le titre « I love you, je t'aime »)
POURQUOI PAS NOUS ?
(porté à l'écran sous le titre de « Mieux vaut tard que jamais »)
HUIT JOURS EN ÉTÉ
C'ÉTAIT LE PÉROU
NOUS ALLONS VERS LES BEAUX JOURS
DANS LES BRAS DU VENT

« SPÉCIAL SUSPENSE »

MATT ALEXANDER
Requiem pour les artistes

STEPHEN AMIDON
Sortie de route

RICHARD BACHMAN
La Peau sur les os
Chantier
Rage
Marche ou crève

CLIVE BARKER
Le Jeu de la Damnation

GILES BLUNT
Le Témoin privilégié

GERALD A. BROWNE
19 Purchase Street
Stone 588
Adieu Sibérie

ROBERT BUCHARD
Parole d'homme
Meurtres à Missoula

JOHN CAMP
Trajectoire de fou

JOHN CASE
Genesis

PATRICK CAUVIN
Le Sang des roses

JEAN-FRANÇOIS COATMEUR
La Nuit rouge
Yesterday
Narcose
La Danse des masques
Des feux sous la cendre
La Porte de l'enfer
Tous nos soleils sont morts

CAROLINE B. COONEY
Une femme traquée

HUBERT CORBIN
Week-end sauvage
Nécropsie
Droit de traque

PHILIPPE COUSIN
Le Pacte Pretorius

DEBORAH CROMBIE
Le passé ne meurt jamais
Une affaire très personnelle

JAMES CRUMLEY
La Danse de l'ours

JACK CURTIS
Le Parlement des corbeaux

ROBERT DALEY
La nuit tombe sur Manhattan

GARY DEVON
Désirs inavouables
Nuit de noces

WILLIAM DICKINSON
Des diamants pour Mrs Clark
Mrs Clark et les enfants du diable
De l'autre côté de la nuit

MARJORIE DORNER
Plan fixe

FRÉDÉRIC H. FAJARDIE
Le Loup d'écume

FROMENTAL/LANDON
Le Système de l'homme-mort

STEPHEN GALLAGHER
Mort sur catalogue

CHRISTIAN GERNIGON
La Queue du Scorpion
(Grand Prix de
littérature policière 1985)
Le Sommeil de l'ours
Berlinstrasse
Les Yeux du soupçon

JOHN GILSTRAP
Nathan

JEAN-CHRISTOPHE GRANGÉ
Le Vol des cigognes
Les Rivières pourpres
(Prix RTL-LIRE 1998)
Le Concile de pierre

SYLVIE GRANOTIER
Double Je

JAMES W. HALL
En plein jour
Bleu Floride

Marée rouge
Court-circuit

JEAN-CLAUDE HÉBERLÉ
La Deuxième Vie de Ray Sullivan

CARL HIAASEN
Cousu main

JACK HIGGINS
Confessionnal

MARY HIGGINS CLARK
La Nuit du Renard
(Grand Prix de littérature policière 1980)
La Clinique du Docteur H.
Un cri dans la nuit
La Maison du guet
Le Démon du passé
Ne pleure pas, ma belle
Dors ma jolie
Le Fantôme de Lady Margaret
Recherche jeune femme aimant danser
Nous n'irons plus au bois
Un jour tu verras...
Souviens-toi
Ce que vivent les roses
La Maison du clair de lune
Ni vue ni connue
Tu m'appartiens
Et nous nous reverrons...
Avant de te dire adieu
Dans la rue où vit celle que j'aime
Toi que j'aimais tant
Le Billet gagnant
Une seconde chance

CHUCK HOGAN
Face à face

KAY HOOPER
Ombres volées

PHILIPPE HUET
La Nuit des docks

GWEN HUNTER
La Malédiction des bayous

PETER JAMES
Vérité

TOM KAKONIS
Chicane au Michigan
Double Mise

MICHAEL KIMBALL
Un cercueil pour les Caïmans

LAURIE R. KING
Un talent mortel

STEPHEN KING
Cujo
Charlie

JOSEPH KLEMPNER
Le Grand Chelem
Un hiver à Flat Lake

DEAN R. KOONTZ
Chasse à mort
Les Étrangers

PATRICIA MACDONALD
Un étranger dans la maison
Petite Sœur
Sans retour
La Double Mort de Linda
Une femme sous surveillance
Expiation
Personnes disparues
Dernier refuge
Un coupable trop parfait

PHILLIP M. MARGOLIN
La Rose noire
Les Heures noires
Le Dernier Homme innocent
Justice barbare
L'Avocat de Portland

DAVID MARTIN
Un si beau mensonge

MIKAEL OLLIVIER
Trois souris aveugles

LAURENCE ORIOL (NOËLLE LORIOT)
Le tueur est parmi nous
Le Domaine du Prince
L'Inculpé
Prière d'insérer

ALAIN PARIS
Impact
Opération Gomorrhe

RICHARD NORTH PATTERSON
Projection privée

THOMAS PERRY
Une fille de rêve
Chien qui dort

STEPHEN PETERS
Central Park

JOHN PHILPIN/PATRICIA SIERRA
Plumes de sang
Tunnel de nuit

NICHOLAS PROFFITT
L'Exécuteur du Mékong

PETER ROBINSON
Qui sème la violence...
Saison sèche
Froid comme la tombe
Beau monstre

FRANCIS RYCK
Le Nuage et la Foudre
Le Piège

RYCK EDO
Mauvais sort

LEONARD SANDERS
Dans la vallée des ombres

TOM SAVAGE
Le Meurtre de la Saint-Valentin

JOYCE ANNE SCHNEIDER
Baignade interdite

JENNY SILER
Argent facile

BROOKS STANWOOD
Jogging

WHITLEY STRIEBER
Billy
Feu d'enfer

MAUD TABACHNIK
Le Cinquième Jour
Mauvais Frère

THE ADAMS ROUND TABLE PRÉSENTE
Meurtres en cavale
Meurtres entre amis

La composition de cet ouvrage
a été réalisée par Nord Compo
à Villeneuve-d'Ascq,
l'impression et le brochage ont été effectués
sur presse Cameron dans les ateliers
de ***Bussière Camedan Imprimeries***
à Saint-Amand-Montrond (Cher),
pour le compte des Éditions Albin Michel.

Achevé d'imprimer en avril 2003.
N° d'édition : 21553. N° d'impression : 031893/4.
Dépôt légal : mai 2003.

Imprimé en France